講談社文庫

昭和探偵 1

風野真知雄

講談社

目次

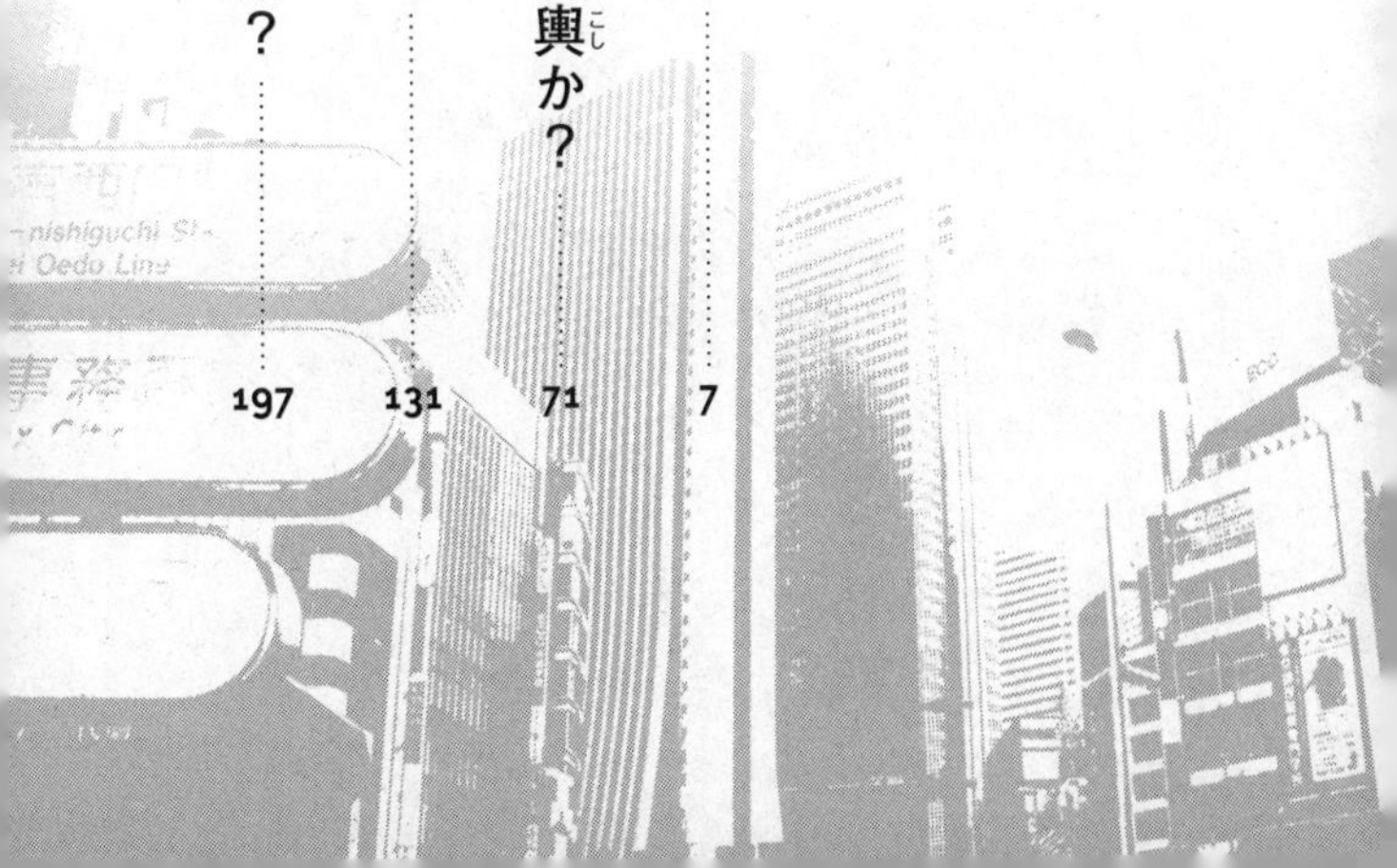

昭和探偵

1

第一話

アグネス・ラムのビキニはどこに？

1

「やっぱり、してましたか」

そう言って依頼人は、川の字に見える皺《しわ》を眉間に刻みながら、わたしの差し出した写真の束を見た。

ディスプレイで見せてもいいのだが、印刷した写真のほうが、いかにも真実めいている気がして、わたしはいつもこうしている。ディスプレイの写真は、どこか加工の匂いがする。探偵という商売は、ただでさえ怪しいのだから、少しでも真実めかさないといけない。

「ははあ」

などと言いながら、依頼人は写真を一枚ずつ見ていく。手が震え出している。

ラブホテルに入って出るまで。およそ二十枚。

肩を組んでいる男女は、四十代の半ばほどか。どちらも若いときにはなかったであろう、余分な肉をつけている。もちろんそれは、美しくない。もっとも、目の前にいる依頼人は、もっと多くの肉をつけていて、体重も百キロはゆうに超えている。

２１３号室の、赤くなった表示ランプも撮った。

それとホテルの全景も。壁はけばけばしいピンク色。玄関のドアは金色。

よくもまあ、こんな、いかにものホテルに入れたものである。

出て来る二人。

正面からの盗撮で、二人の顔ははっきり写っている。女の肌が上気したように輝き、なんとも嫌らしい。

五月三日午後九時四十八分。

二時間の滞在。

ありがたいことに、路上で別れ際のキスまでしてくれた。

写真はここまでである。

おぼろげだった浮気の疑いは、これで疑いようのない事実になった。

「ううむ」

と、依頼人は唸《うな》り、しばし声もない。

やっぱりとは言ったが、どこかで自分の妻の誠実さを信じる気持ちもあったに違いない。ここに来る依頼人の多くはそうなのである。

疑いは、二割か三割くらい。だが、八割から九割で的中する。たぶんガンの疑いの再検査も、これと同じくらいの的中率だろう。

わたしはなにも言わない。慰めも励ましも言わない。もちろん「頑張って、次、行こう」とも言わない。

「お気持ちはわかります」などと、間抜けな台詞《せりふ》を言う探偵もいるらしいとは、新春の探偵交流会で聞いた。

「ううう……」

依頼人は俯《うつむ》いたまま呻《うめ》いている。

泣くのだろうか。たまにそういう依頼人もいる。だが、泣かれても困るのである。

するといきなり、

「死んでやる！」

と言って、依頼人は窓に向かって巨体を突進させた。

窓は半開きにしてあった。

「あ、よせ」

わたしは慌ててあとを追い、半身を乗り出していた依頼人の腰のあたりにしがみついた。

「死なせてくれ。あいつに裏切られたら、おれはもう、生きていくことはできないよ」

そう言いながら、どんどん身体《からだ》を外へ出して行く。百キロを超える巨体のうえに、渾身《こんしん》の力を振り絞っているらしく、わたしの身体も窓の外に持って行かれている。

「無理。ここからじゃ死ねないから!」

わたしは叫んだ。

「いや、死なせてくれ!」

「だから、無理だってば」

喚《わめ》いているのが、隣の部屋にいたアシスタントで娘の葉亜杜《はあと》に聞こえたらしく、こっちに飛び込んで来て、

「あ、やめて!」

と、叫んだ。

「葉亜杜。引っ張って!」

葉亜杜がわたしのズボンの裾を摑《つか》んだのはわかった。だが、無駄だった。

「あっ、あああ」

落ちた。巨体の依頼人とわたしは、ほぼ同時に下のサツキの植え込みに埋没した。天然のクッション。

「なんだ、なんだ。男同士の心中未遂か？」

「空中で喧嘩《けんか》でもしてきたか？」

と、周囲にはたちまち人だかりができた。

わたしは野次馬に「去れ」と手で合図をし、

「だから、死ねないって言っただろ。うちは二階なんだから」

依頼人に文句を言った。

「すみません。逆上してしまって」

依頼人は情けなさそうに詫《わ》びた。

「ほら、上にもどって、残りの調査費払ってくださいよ。なんなら、この近くの離婚訴訟専門の弁護士も紹介しますから」

「わかりました」

依頼人は先にビルのなかへ入った。

わたしは、上の窓からこっちを見ている葉亜杜に向かって、「まいった」というように首を横に振ってみせた。

わたしがここ西新宿一丁目の雑居ビルに、〈熱木《あつき》探偵事務所〉を設立して、すでに二十二年になる。身辺調査、浮気調査、企業調査といったおなじみの調査依頼を片づけながら、どうにか事務所を維持して来ることができたのは、ひとえにわたしの優れた調査能力のおかげだろう。

さっきの依頼人が調査費用の残りの三十万円を支払い、葉亜杜にぼそぼそとなにか言って出て行った。

「なんだって？」

わたしは葉亜杜に訊《き》いた。

「そんなに可愛《かわい》い顔してるのに、こんなところで仕事してたら人生が空《むな》しくならない？　って」

それは大きなお世話だろう。

「お前もなにか答えてたろう？」

「もともと人生は空しいって」

「なるほど……」

親の育て方が問われるような返答である。

わたしはさらに、窓のブラインドの隙間から、下の裏通りを見た。

この二階の事務所を出た依頼人は、人生の不可解さを確かめるようなゆっくりした足取りで、西新宿一丁目の晩春の雑踏のなかへ消えて行った。

それから、わたしは視線を向かいのビルの二階にある雀荘《ジャンそう》〈雀《すずめ》のお宿〉に移した。ブラインドはまだ下ろしておらず、室内はよく見渡せる。今日も客はそう多くなく、八卓のうち、三卓しかふさがっていなかった。

葉亜杜とともに外へ出ると、真向かいの雑居ビルの階段を上がった。

扉の半分のガラスには、雀が麻雀《マージャン》をしているイラストが描かれている。

昭和のころは、どこにでもあった雀荘はすっかり少なくなり、いまや大きな歓楽街に行かないとない。ここ西新宿の駅前でさえ、雀荘は四、五軒くらいしかない。

しかも、金曜日以外は、どこもがらがらである。

今日は水曜日。

ドアを開けると、

「いらっしゃい。葉亜杜ちゃんも」

と、ママの入江《いりえ》紀子《のりこ》が声をかけてきた。

わたしは軽くうなずき、窓際の常連客の席へ向かう。教授、留《とめ》さん、社長、ナベさんの四人が、卓を囲んでいる。

わたしと葉亜杜は、空いている隣の卓の椅子に座った。

今夜はここで、顔なじみの連中といっしょにテレビを見るつもりである。

「今日、やるんですよ」

と、わたしは四人に言った。

「ああ、熱木さんの出演するってやつか」

と、元ポン引きの留さんが言った。新宿駅界隈《かいわい》の暗い道なら、ぜんぶ知っている。裏道のトップセールスマンだった。

「そう。一人で自分が出てるテレビを見るのって、なんか恥ずかしいんですよ」

「葉亜杜ちゃんも見るだろう？」

教授が訊いた。

教授とはいかにも綽名《あだな》っぽいが、ほんとうにR大学社会学部の渡海《とかい》真一郎《しんいちろう》教授で、定点観察と称して週三回は、ここ西新宿の雀荘に三十年も通って来ている。

「父親といっしょに、テレビなんて見ませんよ」

と、葉亜杜が言った。

「ほらほら、始まるよ」

ママがそう言ったとき、ママの次男で大学生の入江捷平《しょうへい》が入って来た。市ケ谷《いちがや》のH大のボクシング部のキャプテンをしているが、端整な顔立ちで、鼻もまったくつぶれていない。葉亜杜に気があるようなので、わたしはあまり好感を持っていない。

「やあ」

捷平は葉亜杜に軽く首を振った。

「ハァイ」

と、葉亜杜は言った。

高校まではアメリカ人の母親といっしょにニューヨークにいたので、挨拶は日本人のそれとは違う。

「捷平。ちょうどいいところに来たわね」

ママが言った。

「なにが？」

「熱木さんが出る番組が始まるところなの」

「え？　熱木さん、テレビ、出たんですか？」

捷平は聞いてなかったらしい。

「あ、ほらほら、始まった」

と、ママが二度、手を鳴らした。

テレビの司会者が、オリンピックの開会宣言みたいな調子で言った。

「昭和は遠くなりにけり。思い出のなかに消えていた謎を、いま、明らかにしようという番組です。では、『昭和探偵』、始まりです！」

2

テレビ局のプロデューサーをしている大学時代の友人・山崎《やまざき》から電話があったのは、四ヵ月ほど前のことだった。

この山崎は、学生時代からアイデアマンだったのだが、しょっちゅう危ない企画を出しては、社内で問題になるらしい。この前は、〈クイズ・この人はいま、生きてるでしょうか？　死んでるでしょうか？〉という企画を立ち上げた。芸能人とか元スポーツ選手、文化人、さらには有名な犯罪者の名前を上げ、街頭インタビューをおこなうのだ。

　じっさい、死んでるか生きてるかわからない人というのがけっこういるのである。たとえば、「だいたいやねえ」とか「これだけ」といった台詞《せりふ》で知られた評論家の竹《たけ》村健一《むらけんいち》は、街頭インタビューでは死んでるという人が八割だった。だが、じっさいは健在である。

　健在の場合は当人が登場し、亡くなっているときは関係者が話をする。わたしには、それを捜《さが》す探偵をやれという依頼だった。

　話を聞いて、面白いとは思ったが、ただ死刑宣告は受けたが、まだ刑は執行されていない犯罪者とかもリストに載っていて、わたしはいくらなんでもこれはやばいだろうと忠告した。

　パイロット版もでき、内輪では大受けだった。「これは時間帯によっちゃ十五パーセントは取れるんじゃないか」と、はしゃぐディレクターもいた。

　だが、ぎりぎりのところで社長が、

「こんな不謹慎な番組がやれるか！」

　と激怒し、お流れになった。

　とにかく山崎には、この手の話が多いのだが、ただときおり大ヒット番組も出すので、局内ではいちおうでかい顔をしていられるらしい。

この日はとくに意味もなく、新宿東口の喫茶店〈らんぶる〉で待ち合わせた。

顔を合わせるや、

「この喫茶店、まだあったんだな」

と、山崎は言った。

「ああ。もう二階と三階の席はなくなったけどな」

「へえ」

山崎は、二百席ほどある広い地下のフロア全体を見渡して、

「懐かしいなあ」

「昔のままだろう」

もしかしたら少しは変わっているのかもしれないが、イメージは昔のままである。

「うん。あのころでも、すでに時代遅れの感じはあったけどな」

「まあな」

まだお互い大学生だった三十数年前の話である。

「でも、ちょうどいいや」

と、山崎は言った。

「じつは今度、特番で昭和の謎を探るという番組をやるんだけどさ」

「なにが？」

「昭和の謎？」

咄嗟《とっさ》に東京オリンピックと新幹線開通というトピックを頭に浮かべた。わたしは、ちょうどその年に生まれたのだ。昭和三十九年。日本の栄光の年。

もちろん直接の記憶はないが、わたしにとっての昭和は、まずこの二つである。

東京オリンピックの負の遺産はなにか？　あるいは、新幹線はなぜ、世界に先んじることができたのか？　そんな謎も浮かんだ。

だが、山崎が言い出したのは、それほど立派な謎ではなかった。

「お前、アグネス・ラムって知ってる？」

「香港《ホンコン》かどこかのタレントだっけ？」

「それはアグネス・チャン。ラムのほうは、ハワイから来た元祖グラビア・アイドルだ」

「ああ、そうだ、そうだ」

わたしは、小麦色の肌をした胸の大きな女の子を思い出した。

「そうだよな。おれたちの世代にとっては、アグネス・ラムはそれほど大きな存在じゃないんだよな。でも、おれたちから三つ四つ上の世代あたりになってくると、アグネス・ラムは女神みたいな存在なんだ」

山崎はそう言って、いまはない男性週刊誌『平凡パンチ』を取り出し、巻頭のグラビアページを開いた。

ハワイの海に、アグネス・ラムが膝まで浸《つ》かっている。風が黒髪をかすかになびかせている。いかにも日本人好みの、愛くるしい顔。日焼けした肢体にビキニがよく似合う。

いま見ると、ちょっとお尻が大き過ぎる気がするが、当時の若い男はそうは思わなかったかもしれない。

「ははあ、この子を捜すのか?」

と、わたしは訊いた。

簡単な依頼である。たぶん、ハワイでかわいいおばあちゃんになっている。孫の名前は日本の思い出として、キティとかキキララとかにしている。

「いや、居場所なんか捜さなくてもわかってる。熱木探偵には、アグネス・ラムが穿《は》いていた水着のショーツを探してもらいたいんだ」

「ショーツ? それはまた……」

思いっ切り下卑た昭和の謎だった。

テレビの司会者は、

「アグネス・ラムのビキニのショーツを探せ！」

と、コーナー・タイトルを大声で言った。

「あら、熱木ちゃん、なあに、パンツ、探したんだ？」

常連の一人、社長こと、女性社長の松原理恵《まつばらりえ》は、からかうように言った。

西新宿にある健康用品および健康食品の会社〈リエゾン〉は、社員五十名、年商五十億だそうである。ときどき夜中の番組で、ＣＭを見かける。「理恵ちゃんのリエゾン」とか言って、自分も顔を出す。

「そうなんだけど、ショーツを直接、探したら、下着泥棒みたいなものでしょうが。ショーツを持ってる男を捜したわけ」

と、わたしは言った。

「なるほど」

「でも、テレビでそれをやると、なんか生々しくて、嫌らしくないかい？」

と、ナベさんこと、今年の春、六十五の定年でサラリーマン生活を終えた元商社マンの北鍋健吾《きたなべけんご》氏が言った。

よほどいい手が来ているらしく、小刻みに牌《パイ》をカシャカシャいわせている。

「それが十年前の話なら嫌らしいよな。でも、もう四十年以上前の話だろ？　嫌らしさも薄れちまってるよ」

と、教授は言った。

「え？　四十年以上前？　アグネス・ラムが来たのって、そんなに前だっけ？」

そう言って、ナベさんは、

「リーチ」

と、点棒を放った。

「そう。一九七五年、昭和五十年にアグネスは初来日して、日本中に旋風を巻き起こしている」

と、わたしは言った。

「可愛かったよねえ。爽やかな笑顔に、エロくて大きな胸」

留さんは目を細め、

「なんで、また、いまごろショーツを？」

と、訊いた。

「いま、それをやりますよ」

わたしはテレビの画面を指差した。

テレビには、依頼人のD氏が出ていた。

顔も隠していない。

「当時、ぼくはアグネス・ラムの追っかけをしてました。もちろん、初来日のときも見ています。ただ、渋谷の東急百貨店でおこなわれた撮影会は、とにかくほかのファンに押されまくって、ろくな写真が撮れませんでした」

「写真を撮りたかったのですね？」

と、司会者が訊いた。

「ええ。あのころは、握手会なんていうのはなかったですから。まず、カメラにおさめ、自分だけのアグネスの写真を撮りたいと」

「なるほど。それで、アグネスを追いかけているとき、思いがけないできごとに遭遇したというわけですね？」

「そうなんです。あれは、アグネスのたぶん三度目の来日だったと思うのですが、当時、後楽園にあったジャンボプールで歌の発表会がおこなわれたときでした。ぼくはプールのほうではなく、管理棟のほうに回ってシャッターチャンスを窺《うかが》っていました。そこは、スタッフ専用の出入り口になっていて、ぼくのほかにもう一人が、隠れていただけでした」

「ほう」

と、司会者が大げさに興味をあおるような声を上げた。

「そのときでした。アグネスが突如、駆け込んで来て、物陰に入り、ぼくたちに見られていると気づかず、急いで水着のショーツを穿き替えました」

「更衣室じゃなくて？」

「すごく慌てていて、更衣室を探すゆとりもないという感じでした。ほころびに気がついたのかもしれません」

「それにしてもショーツをねえ」

「といっても、下にもう一つ小さいやつをつけていたので、素《す》っ裸《ぱだか》になったわけじゃありません」

「それは残念でしたね」

「はい。あ、いや。もう、素早かったです。それで、すぐにもどったのですが、そのとき、着替えたショーツを落としていったのです」

「アグネスが穿いていたショーツですね」

「それを隣にいたもう一人の追っかけが、素早く拾い、ぼくを睨《にら》みつけると、そのまま
どこかに走り去ってしまったのです」

「なんとまあ」

「そのとき、ちょうどカメラを構えていたので、シャッターも押しました。それがこの写真です」

D氏が撮った写真が映し出された。

アグネスがちょうどそのオレンジ色の水着を脱いだところだった。

輪郭や身体つきから、アグネスというのはわかる。ただ、あまりにもピントが合っていない。

「うーん。惜しいなあ。もうちょっとピントが合っていたら、世界的なスクープ写真でしたのにね」

「いや、そこまでは」

と、D氏は照れて笑った。

「カメラ、オートフォーカスじゃなかったんだ？」

「あのころ、そんなカメラはなかったと思いますよ」

「なんせ昭和だもんね」

と、司会者は笑い、

「それで、Dさんの依頼は？」

「はい。もう一人の追っかけが持って行ったショーツなのですが、なぜ、いま、オークションとかに出て来ないんだろうと思ったんです。彼もいっしょに写真を撮ってますから、そのときの水着だと証明もできるはずです。いまならDNA鑑定だってできなくはないと思います」

「うん。できるでしょう。洗ったりしてなければね」

と、司会者は調子のいいことを言った。

本当にできるのか、そこまでわたしは知らない。

「その人はどうか知りませんが、ぼくはいまも、アグネス・ラムの熱烈なファンなのです。ぜひ、あのときのショーツを公にしてもらいたいなと」

「なるほど。そういう依頼でしたか。Dさんは、もっと言えば、その水着が欲しいわけですね？」

「それはそうですよ」

「お金で譲ると言われたら？」

「もちろん買います。百万円で」

この返事に、ゲストや客席から驚きの声が上がった。

スタジオの盛り上がりを受け、

「この、情報の発達した現代に、なぜ、昭和屈指のアイドルであるアグネス・ラムのビキニのショーツは出て来ないのか？　さあ。この謎は解けるのでしょうか？　ここで、昭和探偵に登場していただきましょう」

と、司会者が言った。

カーテンの向こうから、わたしがいかにも気取った顔で登場した。

スタッフから勧められたソフト帽をかぶっていて、それが自分でも意外なくらい似合っている。和製フィリップ・マーロウと言ってもおかしくはない。

だがBGMに「探偵、探偵、それはたんてい〜♪」と、替え歌が流れたのには、頭を抱えてしまった。こんなもの、本番のときはなかったはずである。今度、山崎に会ったら、ぜったい文句を言ってやる。「探偵をコメディアンにするな」と。

スタジオの真ん中に立ったわたしに、ゲストや観客の拍手が浴びせられた。

「新宿に事務所を持って、じっさいに探偵の仕事をなさっている熱木地塩《ちしお》さんですね」

「はい」

「アグネス・ラムの水着のショーツを探してくれたのですね？」

司会者は、大時代的に訊いた。

プロデューサーの山崎は、こういうところも昭和ふうにやれと指示したのだろう。

「はい。探しましたよ」

わたしは重々しくうなずいた。

画面を見ていたナベさんが、

「お、熱木さん、カッコいいじゃないの」

と、言いながら、一筒《イーピン》を捨てた。

「熱木さん、こうして見ると、いい男だったんだな」

教授がそう言いながら、ナベさんの一筒に、

「あ、それ、当たり」

と、手牌を倒した。

平和《ピンフ》のみという安い手だった。

「ええっ。おれ、四暗刻《スーアンコー》の単騎待ちだったのに！」

ナベさんは、頭をかきむしった。

それを無視して、

「ほんとの探偵みたいね」

と、理恵社長がテレビを見ながら言うと、

「ほんとの探偵だろうが」

と、留さんは笑った。

そこから、わたしのVTRになった。

これはけっこうな苦労だったのだが、どこまで克明に紹介してくれるのかは、いまから見てみないとわからない。

3

日にちも場所もわかっていた。

D氏が撮った写真の下に日付が入っている。昭和五十二年七月二十日。当時の週刊誌や若者向けの雑誌を当たると、たしかにアグネスはこの日、後楽園ジャンボプールにいて、デビュー曲の発表会を兼ねた撮影会も開催されていた。

そのときの雑誌を見ると、同じ色の水着を着ていた。

ただ、そこに集まったファンの数は、およそ五万人。

そこから一人を捜し出さないといけない。

そのファンは、たまたま写真が撮れ、落とし物を拾っただけで、とくに大きな罪を犯したわけではない。警察にも捕まっていない。

――これは、大変だ。

と、わたしはすぐに思った。

名前をつけて巣にもどしたアリを、もう一回、捜し出すようなものではないか。

まず、アグネス・ラムのファンクラブを探してみた。だが、当時、そのようなものはなかったらしい。

もっとも、あったからといって、四十年前の名簿を一人ずつ当たるようなことをして、捜している男に辿《たど》りつけるのか。

たぶん、わたしの一生がそれで終わるような仕事になるだろう。

わたしはすぐ、これは謎を言い出した当人であるD氏に訊くのがいちばんだと思った。それで、山崎に連絡先を訊き、電話すると、

「いいですよ。お見せしたいものもあるので、自宅のほうまで来ていただければ」

ということで、わたしはテレビ局のスタッフとともにロケ車に乗って自宅のある吉祥寺に向かった。

D氏は、マンションの管理人をしていると、一瞬は思ったが、間違いだった。五十世帯ほどある十階建てのマンションの大家だった。それで、自ら管理もしているのだった。

「さあ、どうぞ、こちらへ」

十人ほどのスタッフとともにぞろぞろ後をついて行く。

管理人室の奥が、D氏の趣味の部屋になっていた。

「ほう」

わたしは思わず声を上げた。

けっこうな広さの部屋の壁には、三人の美女の写真が、びっしり飾られていた。

マリリン・モンロー。

アグネス・ラム。

夏目《なつめ》雅子《まさこ》。

D氏が言うには、この三人が、世界三大美女なのだそうである。

テレビのクルーが、さっそく撮影を開始した。わたしは、それにはおかまいなしに、D氏と話を始めていた。

「難航してましてね」

と、わたしは言った。

「それはそうでしょう。だから、わたしも山崎さんにはたぶん無理だと思うとは言ったのですよ」

「そうでしたか」

山崎のやつ、駄目でもともとでわたしにこの仕事を振ったに違いない。

「これはDさんが探した道筋を、もう一度、わたしが辿り直すしかないと思いましたよ」

「わたしだって、いまだに見つけていないのですよ」

「でも、なにか洩《も》れているところがあるかもしれません。昔のファンの名簿を探し出し、それを一人ずつ当たっていったって、見つかるわけがありません」

「でしょうね」

「いままで、ネットオークションなどには出て来てないのですか？」

「あのときのものは出て来ていないと思います」

「Dさんだって、ぜんぶチェックしてるわけじゃないでしょう？」

「ヤフオクが始まったのが、平成十一年でそれ以降、アグネス関連のものはずっとチェックしています。もちろん、ほかのネットオークションも」

「オークションというのは、ネット以外にはないのですか？」

「昔は、怪しげなオークションもあったとは聞きます。骨董屋《こっとうや》が主催したりしていたみたいです。でも、いまはあまり聞きません。ものにもよるのですが、この手のやつはネットに出て来ると、わたしは思いますよ」

「なるほど」

蛇の道は蛇というのだろう。

「ただ、アグネスが着た水着というのは、いままでも何度かは出ました。それを着た写真もいっしょについていたりしますが、でも、同じ水着なんかいくらでも売ってますから」

「確かにそうですね」

話の途中で、テレビのスタッフから、アグネス・グッズの可愛《かわい》いものがあったら、撮影させてくれと言われ、それをしながらの話になった。

「その人物がすでに死んでるってことはないですよね？」

と、わたしは訊いた。なにせ四十年が経《た》っているのだ。

「じつは数年前、神保町《じんぼうちょう》の古本市でその男を見かけたのです。昭和の写真集を漁《あさ》ってました。身なりこそずいぶんよくなっていましたが、あいかわらずオタクっぽい雰囲気がありました」

「よく顔を覚えてましたね？」

「そうですね。熱心な追っかけ同士で見覚えはありましたし、隠れているときに話をしていたのです。それに、ああいう印象的なできごとがありましたから」

「そのとき、声はかけなかったんですか？」

声をかけていれば、いま、こんな苦労はしなかったはずである。

「その瞬間は、どこかで見た男だと思ったけど、アグネスのショーツを拾ったやつだとは思い出せなかったんです。そのあと、すぐ思い出して、ああっと歯ぎしりしました」

なまじ会ってしまったことが、D氏の収集欲に火をつけたのだろう。

クルーは、わたしたちの話を撮りながら、グッズを撮ったりもする。カレンダーやフィギュアはもちろん、アグネス・ラムのパチンコの台もある。

「その人は、誰にも言わず、ひそかに持ちつづけているんじゃないですか？」

だとしたら、人を特定しても、持っていないとしらばくれるだけだろう。

「いや、マニアというのは、それはない気がしますよ」

と、D氏は自信たっぷりに言った。

「そうですか？」

「誰かに自慢したいんです。それに、自分の持っているものの価値を知りたいという気持ちもあるでしょう。マニアならぜったい、昭和五十二年に、アグネス・ラムが穿いていて脱いだショーツの値段を知りたいはずです」

「なるほど」

と、わたしはうなずき、

「ちなみにアグネス・ラムの熱狂的なマニアというのは、Dさんだけなので？」

そう訊くと、D氏は、

「いや」

と、ちょっと悔しそうな顔を見せ、

「わたしと同程度かどうかはわかりませんが、金に糸目をつけずアグネスのいろんなものを集めている熱狂的なマニアはほかにもいます。ちょっと危ないやつを入れると、ほかに二人」

「二人ねえ」

後楽園ジャンボプールに五万人を集めたアイドルも、四十年経つと三人になるということか。いや、このレベルのマニアはいなくても、いまでも好きで写真集を買い集めているという程度のファンなら、山ほどいるのだろう。

「その二人のどちらかが持っているという可能性は？」

「…………」

D氏はうつむいた。

「どうです？」

Dが顔を上げると、その顔は笑っていた。

「じつは、そこに来て欲しかったんです」

「ほう」

「わたしもそれを疑ってましてね」

「なるほど」

「何度か探りも入れました。だが、わからないんです」

「わからない？」

「腹の探り合いになって、結局、わからないんです」

わたしもやっとわかった。D氏は結局、その二人を探って欲しかったのだ。そのために、巧妙にテレビ局を利用しようとしたのだろう。

「では、わたしが訊きましょう。でも、連絡先はわからないでしょう？」

「いや、わかりますよ。オークションでぶつかったりしていたのでね」

D氏は、パソコンのキーボードを叩《たた》き、二人の名前と連絡先を印字してくれた。

「ただ、訊くときに注意してもらいたいんですよ」

「なにをです？」

「アグネスのショーツを拾った者がいるという話自体を知らない可能性もありますよね」

「ええ」

「それを教えたら、あいつらも探し始める恐れがあるんです」

「そういうことか。わかりました。だが、ある程度のことは伝えないと、訊きようがないですよ」

「だったら、こうしてください。初来日の東急百貨店でのできごとということに」

「そりゃあいい。わかりました」

話が終わり、D氏が出したグッズを片づけていると、管理人室のほうから声がして、ドアが開いた。

「あ、ちょっと出かけて来るね」

五十過ぎくらいの、ラフな格好の女性が顔を出した。

「そうなの」

「すぐもどる」

「わかった」

女性は、わたしたちにも軽く会釈をし、いなくなった。

わたしは、驚いてD氏の顔を見た。

「女房です」

D氏は言った。

「似てないですか?」

と、わたしは訊いた。

「え?」

「アグネス・ラムに」

「ああ、少しはね」

D氏は薄く笑って言った。

「いやいや、よく似てますよ」

「まあ、似てるから結婚したのです」

「奥さんは、Dさんがアグネス・ラムのマニアというのはご存じですよね？」

「そりゃあ、知ってますよ。ここにも入って来ますし。永遠の憧れだもんねとか言ってます」

「へえ」

「でも、違うんです」

「違う？」

「しょせん、あれは贋物《にせもの》ですから。本物への思慕は強まる一方です。あのころに帰りたいですよ」

D氏は遠い目をして言った。

結局はそこなのだろうか？

あのころに帰りたい……。若くて幸せだったあのころに……。

4

ほかの二人を当たるのにも、テレビのクルーが同行した。

カメラマンや音声マンなどを従えて調査をするなどというのは初めてだから、わたしもかなりやりにくかった。

S氏は、亀戸《かめいど》のマンションで一人住まいだった。

仕事は鉄の玉を磨く仕事をしているらしい。それも特殊な鉄の玉だそうで、そっちはそっちで興味はあるが、いまはそれどころではない。

2DKのうちの一室は、アグネスの写真で埋め尽くされていた。美観もへったくれもない。百人くらいいるアグネスが、ゴミみたいに思えてくるような部屋である。

「これ、見てください」

と、S氏は写真集を示した。

同じ写真集が二十部ほどある。

「いま、古書店で一冊二万円くらいします。あのころ八百円で売っていたやつがですよ」

と、S氏は鼻をひくひくさせた。

「同じやつですよね？」

と、わたしは訊いた。

「ええ。見つけると、買ってしまうんです。これで、敵はどんどん少なくなり、やがてアグネスを独占できるような気がするんです」

　いや、できないでしょう。

　と、わたしは言いたかった。

「じつは、アグネスが穿いた水着のショーツがあるという話があるんです」

　と、わたしは早めに切り出した。なんか変な臭いがして、ここに長居したくなかったからである。

「アグネスが穿いたショーツ？　それはないでしょう」

　S氏は即座に否定した。

「どうしてですか？」

「アグネスはそんなものを売ったりあげたりする人じゃないですから。彼女は、性格も真面目でいい娘《こ》なんですよ」

　S氏はちょっとムッとしたようだった。

「そうですか？」

「だって、おれは撮影会のスタッフに訊いたことありますよ。アグネスは水着、いっぱい持ってるだろうけど、どうしてるんだろうねって」

　やっぱりS氏も欲しかったのだろう。

「なんて言いました？」

「売らないよって。アグネスはぜんぶ、ハワイに持って帰るよって。だから、そんなものが出回ったとしても、贋物に決まってます」

S氏はムキになって言った。

「ところが、こういう話があるんですよ」

と、わたしは例の話をした。もちろん、D氏と打ち合わせたとおり、東急百貨店の話ということにして。

「そんなことが……」

S氏は絶句した。

「ご存じなかったですか？」

「いやあ、知りませんでした」

「もし、あったら欲しいですか？」

「そりゃあ、やっぱり……」

「売ると言ったら、いくらで買います？」

「たぶん競合になると思いますが、三十万円くらいなら」

「へえ」

三十万円出せば、いまならハワイにも行ける。本物のアグネスにも会えるかもしれない。

そのことを訊いてみると、

「いまも、毎年、夏はハワイに行きます。そのために働き、こつこつお金を貯《た》めているようなものです」

と、S氏は言った。

「ハワイで会ったことはあるんですか？」

「ありますよ、何度も」

「そうなんですか。話しかけたりも？」

「いやあ、できませんよ。英語、話せませんし」

「ファンだくらいは言えるでしょうよ」

「いやいやいや」

と、S氏は赤くなって照れた。

S氏のインタビューを見ながら、

「マニアって変な人たちよね」

と、理恵社長が言った。

「でも、おれたちだって、麻雀マニアなんじゃないの?」

留さんが言った。

「そうなの? あたしたちってマニア? ねえ、教授?」

理恵社長が教授に訊いた。

「このレベルじゃマニアとまではいかないだろうな。週に二、三回。仕事が終わったあとの楽しみあたりだろう。もともと、マニアというのは狂気という意味だから」

「なるほど。そこまではいってないわね」

社長は自分たちはあそこまで変ではないと、安心したらしい。

「もう一人は、あんなもんじゃないですよ」

と、わたしは言った。

「ああ、そう。どんなふうに?」

「まあ、見ててよ」

わたしは、テレビクルーとともに、D氏が「危ない」と言った、二人目の男Kの家を訪ねた。

電話をしても通じないので、直接、家を訪ねることにしたのだ。

文京区西片《にしかた》。高級住宅街の一軒家である。

呼び鈴を押しても、反応はまったくない。どうやら長く留守にしている気配である。

通りがかりの女性に訊くと、

「あ、知らない、知らない」

と、タブーに触れるみたいに逃げて行った。

次に散歩の途中らしい、上品そうな老人に訊くと、

「わたしだとわからないように、画面や声を処理してくれるなら」

と、条件を持ち出した。

「もちろんです。道で会っただけで、どこのどなたかも、わたしは存じ上げないし」

「そうですね。Kはいま、刑務所にいますよ。小菅《こすげ》の刑務所とかは聞きましたが」

「刑務所？」

「T新聞にも載ってましたよ。去年の暮れです。大晦日《おおみそか》のことです。相手の怪我《けが》はそれほど重くはなかったですが、同じことを三度目ですので、殺人未遂で罪はずいぶん重かったみたいですよ」

「へえ。ご家族は？」

「いませんよ。昔はご両親や奥さんもいましたが、ご両親は亡くなり、奥さんも最初の事件のときに出て行って、ずっと一人暮らしでした」

「そうですか」

「家のなかは、なんでもたいしたガラクタだらけらしいですよ。もちろん、当人は宝物と思っているのでしょうが」

「マニアですね」

「ええ。それも、大きなくくりでマニアになるのではないらしいです」

「というと？」

「例えば、鉄道マニアだったら、だいたいはどこを走る列車でも、どんな型の列車でも好きじゃないですか」

「ええ、ええ」

「あれのは、極端なんです。都電だけが好きなんです」

「ほう」

「都電だって、あなた、ああいうのに好きになられたら迷惑ですよね」

「確かに」

わたしは礼を言って別れると、局の山崎に連絡し、T新聞のバックナンバーをデータにして送ってもらった。その記事がこれである。

昨年の十二月三十一日、警視庁本富士《もとふじ》警察署の捜査員は、文京区西片に住むK容疑者（62）を、殺人未遂の罪で逮捕した。K容疑者は浅草の飲み屋でたまたま隣り合ったMさんと、谷崎潤一郎の小説のことで口論となり、激昂《げきこう》したあげくに店の包丁を持ち出して、切りつけたということである。K容疑者は「あんな馬鹿な読み方をされたら、文豪谷崎を傷つけたことになるので、おれも傷つけた」と、ほとんど反省の情を示していないという。

Kは本当に危ないやつだったのだ。

わたしは相応の手つづきを取り、小菅の刑務所——正しくは東京拘置所へKに会いに行った。

拘置所を訪ねるには勿体《もったい》ないくらい、いい天気だった。門を入り、新しい管理棟に向かいながら、薄緑色に塗られた旧管理棟を見た。昭和四年に建てられ、いまは日本の近代建築二十選にも選ばれている名建築である。白鳥が羽根を広げたように見えるこの建物を、いったいどれだけの囚人がどんな思いで見てきたのか。

風薫る昭和のビルの美しさ。

思わず下手な俳句をひねった。

ここを歩くわたしをぜひ撮って欲しかったが、撮影は許可されておらず、ここからは局がつくった再現フィルムが流れた。

Kは、年よりもずいぶん老けて見える小柄な男だが、わたしが話しかけると、

「なんだい、アグネス・ラムのグッズのことでって？」

目を輝かせた。

いかにも思い込みの強そうな顔をしている。眉や目が鼻の先に向かって寄り集まっている。視線も少し真ん中に寄っている。口は大きくてへの字型である。この顔を近づけられたら、取って食われるような気になるだろう。

「アグネス・ラムのことはずいぶんお好きだそうですね」

「ああ……」

ここからしばらく、テレビではとても流せないような、下品な話がしばらくつづいた。こういう男が、あの上品な町にいたら、さぞや嫌がられていたことだろう。

「じつは、初来日したときの渋谷の東急百貨店の撮影会で、アグネス・ラムの着た水

着のショーツを入手したという話があるんですがね」

と、わたしは本題に入った。

「あんた、その話、誰に訊いた？」

Kは大きく目を見開いた。

「誰にって、当時の追っかけをしていた人にですけど」

「それは間違ってるよ」

と、Kは意外に理知的な笑みを浮かべた。

「なにがです？」

「アグネスが穿き替えたショーツを失《な》くしたのは、東急百貨店じゃない。それから二年後で、初めてレコーディングした曲の発表会、後楽園のジャンボプールでのことだよ」

わたしは、内心の驚きを隠し、

「そうなんですか」

と、言った。

「おれは、当時の所属事務所にいたスタッフから聞いたんだ。そいつはたまたま知り合いだったんでね」

「それは間違いなさそうですね」

「ああ。ファンの一人が拾いやがったんだ。幸運なやつもいたもんだよ」

「誰か、わかってるんですか？」

「ははあ。あんたもそれ狙いか？」

「まあ、そんなところです」

「生憎《あいにく》だが、わからないよ」

「Kさんが持ってるのかと思いましたよ」

「おれは持ってない。そのスタッフも、すぐにいなくなったのでわからないと言ってたよ。まあ、五万人来ていたというから、わからないよな」

「どうにか見つけたいんですけどね」

「無理だな。いま、出て来てないということは、もう消えたんだよ。そいつだって、それから結婚もしただろうし、いつまでも水着のショーツだけなんか、取っておけるわけがないよ」

Kはまともめいたことを言った。

「そうですかねえ」

D氏みたいな人だっているのである。

「あるいは死んだんだよ。死んじまったら、あの手の宝は皆、ゴミになる。糞《くそ》っ」

ついにKは、不気味な表情を見せた。西片の家にある集めたもののことを思い出したのだろう。

だが、こういうやつがもう一度、世のなかに出て来たら、実物のアグネスに危害を加えたりするのではないか。

いま、六十二で、懲役十二年。

大丈夫だとは思うが、いちおう訊いてみた。

「まだ、アグネス・ラムのことは好きなのかい？」

「まだ？」

「ああ。いまのアグネスも」

「馬鹿言ってんじゃないよ。いまは、ただのババアだろうが」

その台詞に、わたしは安心した。

5

Kの言葉に一安心はしたが、わたしはすぐに途方に暮れてしまった。

これで手がかりは消えたのである。マニア中のマニアたちが摑めていない情報を、どうしてわたしが摑むことができるだろう。

みっともないが、山崎には「駄目だった」と断《こと》わるしかないだろう。どうせあいつも、それほど期待はしてなかったのだ。

向こうも都合があるから早いほうがいい。明日にでも電話しよう。

すっかり行き暮れた気分で、わたしはゴールデン街にあるいきつけのバー〈リフレイン〉で飲むことにした。

一人で飲むときは、あそこにしか行かない。誰か連れて行ったりもしない。

ママの名は十文字真紀《じゅうもんじまき》。

クールビューティとは、まさにあのママのことだろう。よく、宝塚の男役みたいな女をクールビューティなどと言うやつがいるが、十文字真紀はそういうのとは違う。顔のどこにも男の性は感じない。どこを取っても女そのもの。それなのにクール。歳《とし》はおそらく三十代後半。そして、いちばん肝心なことは、たぶんわたしに惚《ほ》れている。

ところが、階段の前に来て、わたしは愕然《がくぜん》とした。なんと階段の途中に紙が貼られていて、それにはこう書いてあったではないか。

「一身上の都合により、店を畳むことになりました。この五年間、皆さんと楽しい夜を過ごすことができて、本当に幸せでした。真紀」

わたしは思わず、

「え、嘘《うそ》だろ」

と、口に出した。

そんな話は聞いていない。一週間前に来たときも、ママはなにも言ってなかった。いったい何があったのか？

愕然としていると、階段の隣、つまり一階にある店のドアが開いた。店のママが酔客を送り出すところだった。

「じゃあ、気をつけて帰ってね」

「おう。またな」

ママは手を振り、わたしを見て、

「リフレインの客？　残念だったわね」

と、言った。

「ああ。いつ？」

「三日前、急にね」

「移転じゃなく畳んだんだ？」

「そうね。よかったら、うちで飲んでけば？」

「ああ、そうするか」

とてもこのまま帰る気にはなれない。

店に一歩、足を踏み入れて、わたしは呆《あき》れた。リフレインは、ゴールデン街にはあるまじきお洒落《しゃれ》な店だった。だが、この店はゴールデン街以外の、日本中のどんな盛り場でもやっていけないだろう。それくらい、雑で、だらしなくて、時代遅れの店だった。

店の広さは二坪？　いや、リフレインが三坪だったから、ここも同じくらいあるはずなのだ。それが狭く見えるのは、ごちゃごちゃといろんなものが置きっぱなしになっているからだろう。

カウンターだけというのはリフレインと同じ。だが、リフレインが七人掛けだったのに、こっちは六人分しか椅子がない。ゆったり座れるが、逆にそれくらいの客しか見込んでいないということだろう。奥に男の二人連れが座っている。なんとなく目つきの悪い男たち。

棚の上にはテレビがある。しかも、ブラウン管のテレビ。カウンターの端には、なんと黒電話。わたしは昭和の世界にタイムスリップしたらしい。

さらによく見ると、酒瓶を並べた棚には、懐かしいものがずらりと並んでいる。ルービックキューブがある。ヨーヨーがある。ブリキのロボット、ビートルズの貯金箱、ひみつのアッコちゃん人形、チョロQなどもある。細かいこちゃこちゃしたやつは、グリコのおまけだろう。細長い洋酒の瓶にしがみついているのは、ダッコちゃん。

後ろの壁に貼ってあるポスターは、ウイスキーやビールの宣伝ポスターだが、新製品当時から貼ってあるみたいに、色褪せたり、破けたりしていた。

しばらく呆気に取られて店のなかを見回してから、わたしは訊いた。

「ここ、なんていう店だったっけ？」

二階のリフレインには五年通ったが、一階の店の名前は見ようともしなかった。

「あのね、〈遠い昭和〉っていうの。リフレインよりはちょっとダサいけどね」

いや、ちょっとどころじゃない。思いっ切りダサい。

だが、そうは言えないので、

「味はあるよ」

と、ごまかした。

「でも、あたしの名前、遠井《とおい》っていうから仕方ないのよ」

「遠井のママか」

「そういうこと」

遠井のママは気さくな笑顔を見せた。ママというよりは、昭和のおばちゃん。

「刑事さん？」

遠井のママはいきなり訊いた。

奥の二人がじろりとわたしを見た。

「なんで？」

「雰囲気で」

「生憎だな。近いと言えば近いけどね」

「近いんだ？」

「探偵だよ」

と、わたしは言った。

「へえ、探偵さんなんだ」

「殺人事件の謎は解かないよ」

「そら、そうよね」

と、遠井のママは大きな口を開けて笑った。

「だが、警察の調べより、探偵のほうが大変だぜ」

「そうなの？」

「捜査権がないからね。とにかく足を使い、あらゆる方向から対象に迫らないといけない。そこには知恵が必要だ」

「ふうん。たとえば？」

「たとえば？」

「具体的な話がないとわかりにくいわよ」

それもそうだった。

わたしは、例のアグネスの話を持ち出した。どうせ、この話は断わるのだし、誰かを傷つけるのでもなければ、犯罪に関することでもない。

わたしは、ジンライムを含みながら、ゆっくりと一通り語り終えると、

「ああ、それは大変だね」

と、遠井のママは言った。

「そうなんだよ」

「そもそも、その手のものが出て来ないってことがおかしいのね」

「ああ」

遠井のママは、しばらくなにか考えていた。

それから三杯目のジンライムをつくって、わたしの前に置き、

「でも、こういうのってどうかな？」

と、言った。

「こういうの？」

遠井のママは、指を一本立て、それをゆっくり回すようにしながら言った。

「たぶん、その写真でカメラやフィルムが特定されるよね。それが盗撮の道具扱いされたら、会社にとってはイメージダウンになるわけ。つまり、その人がカメラ会社の人だったら？」

6

そこから先は、思いがけないくらいうまく調べが進んだ。

当時、昭和五十年前後に、競い合った二つの日本製フィルム・メーカー。

一つは、いまも医療用機器や化粧品にまで手を伸ばしつつ、フィルムやカメラ事業も継続しているが、もう一社はデジタルカメラ全盛のあおりを食ってフィルムやカメラ事業からは撤退してしまった。ただ、社名こそ変わったが、総合精密機器メーカーとしては健在である。

あのころの名は、小西六《こにしろく》写真工業。一般にはカメラ名はコニカ、フィルムはさくらカラーの名で知られた。

フィルムばかりでなく、世界初のフラッシュ内蔵のピッカリコニカ、世界初のオートフォーカスのジャスピンコニカというカメラを連続して世に出し、ＣＭを見ない日はないくらい、有名な会社だった。

ここは勘が働き、コニカのほうを先に当たることにした。

わたしはいまの精密機器メーカーの広報部を訪ね、古参の広報マンを紹介してもらい、

「昔、小西六に熱狂的なアグネス・ラムのファンがいましたよね？」

と、切り出した。

「ああ、いた、いた」

ベテラン広報マンは、うまく話に乗って来た。

「追っかけまでしてたとか」

「うん。していただろうな」

「アグネス・ラムはコニカのCMはやってたんでしたっけ?」

「うちじゃないよ。コダックのCMをやってたんだよ」

「それじゃ、ファンになるのはまずいですよね」

「でも、まあ、別にカノジョにしたわけじゃないしね」

「あれ、なんという方でしたっけ?」

「Aさんだろう。あのころは開発部にいた。まさに、ジャスピンコニカの開発スタッフの一人だよ。いま、うちとは分かれたけど、小西六理化学研究所の社長をしてるよ」

「あ、社長になられたんですね。では、そちらに連絡してみます」

わたしは、小西六理化学研究所のA社長の写真を入手すると、すぐにD氏に確認してもらった。

「あ、この人です」

「やっぱり」

わたしはそれからすぐに、小西六理化学研究所を訪ねた。

広報室はとくにないので、秘書に連絡して許可をもらい、社長室に入ると、

「よく、わたしがアグネス・ラムのファンだったなんてわかったね」

A社長はすぐに言った。

「ええ。しかも、アグネス・ラムの水着のショーツも拾われたほどの」

「えっ」

と、A社長は絶句した。

「捜しましたよ。マニア垂涎《すいぜん》の希少なものをお持ちなのに、まったく世に出て来ない。それはなぜなのだろうと考えました。もしかしたら、カメラ会社の人が新商品を使って写真を撮っていたりしたら、出したくても出せないいんじゃないかと。それで、年表を調べたら、昭和五十二年十一月三十日に、あのジャスピンコニカが発売されているんですね。世界初のカメラを向けるだけで、レンズが勝手にピントを合わせてくれるカメラ。いまは当たり前だけど、当時は画期的なカメラでしたよね？」

「そうだな」

「開発部の社員だったA社長は、試作品を持ち歩いていたとき、アグネス・ラムの奇跡的な一瞬に遭遇し、思わずシャッターを切った。しかも、アグネスは着替えたショーツを落として行ったんですよね」

「まいったな。よくも、そこまで調べたもんだね。いったい、どうやったんだね？」

「ま、そこは探偵の手練手管でね」

「たいしたもんだ」

「それで、じつはテレビに出ていただきたいんですよ」

「テレビ？」

A氏は少しだけためらいはしたが、結局、顔を隠すことでテレビ出演を了承。そして、およそ四十年ぶりに、アグネス・ラムのショーツを公開することにしたのだった。

画面のなかのわたしは、突如、閃《ひらめ》いていた。

豆電球がパッと点《つ》いたような顔。

もちろん、そういう顔をしろと言われてしたのだが、これが自分でも嫌になるくらい臭い小芝居だった。

せめて稲妻を思わせる表情をしたかった。

わきで葉亜杜が、

「やだっ」

と、小さく言った。

画面には、顔をぼかしたA氏が出ていた。

「そうなんです。当時、世界に先駆けた画期的な新商品でしたからね。それにアグネス・ラムの着替えの盗撮などというスキャンダルをかぶせることはできなかったのですよ」

「でも、その後も発表を控えてましたよね」

「当時の、自粛の気持ちを引きずっていたのでしょうね。それに、家族に見せるようなものでもないしね」

「誰かに自慢したくなかったですか？」

「それはしたかったですよ。これは、あのアグネス・ラムがじっさいに穿いたものだぞってね。ただ、わたしはずっとコニカの関連会社にいましたからね」

「ご自身では、どれくらいの価値がおありだと思います？」

「そりゃあ、マニアだったらいくらでも出すのでは？」

「Dさんは、百万円でも買うとおっしゃってますが？」

「いやいや。これはわたしにとっても大事な記念の品ですので」

と、A氏は軽く一蹴した。

「でも、見せてはいただけますよね？」

「はい。いいですよ」

と、A氏はプリントした写真と、ビキニのショーツを、社長室の机の上に並べてみせた。

写真はD氏が写したものと違い、ピントもしっかり合っていた。さすがにジャスピンコニカである。

アグネス・ラムであることもはっきりわかった。横向きだが、ちょうど足首まで下ろしたオレンジ色のショーツは、まさにいま机の上にあるものだった。横のところがほつれていて、これでアグネスが慌てたのだということも納得できた。

「へえ、見つけたんだ」

と、留さんが言った。

卓を囲んだ四人も、いつの間にか手を止め、テレビの画面に見入っていた。

「凄《すご》いね、熱木さん」

ママがそう言って、拍手をすると、常連客や捷平もそれにつづいた。葉亜杜だけは困ったような顔をしていた。

「ほんと、すごいですよ。あの行《ゆ》き詰《づま》ったところから、カメラ会社の人という着想が浮かぶなんて、めっちゃ尊敬しますよ」

捷平が、顔を輝かせて言った。

「ああ、苦労したけどな」

と、わたしは言った。

この成功に、誰よりも驚いたのは、プロデューサーの山崎だった。予備のネタくらいに思っていたらしいが、結局、こうしてトップのネタになった。

「おい、おれをレギュラーにする気か？」

と、わたしは山崎に言った。

内心、やってもいいという気になっていた。探偵が素顔を売るのは、決していいことではない。だが、そうなったらなったで、変装だってなんだって手はある。

「ま、視聴率次第だな」

山崎はそう言っていた。

だが、このテレビ出演をきっかけに、わたしの日常の業務でも、〈昭和〉に関する依頼が増えていったのである。

＊　＊　＊

ドアが開き、このあいだの探偵が顔を出した。今日、三人目の客。二人は早いうちに来て、さっき帰って行った。

「いらっしゃい」

あたしは言った。

「テレビ、見てくれた？」

と、探偵の熱木は棚の上のテレビを指差した。ブラウン管のテレビも、チューナーのようなものをつければ、いまでも見られるのだ。ちなみに、ここの黒電話もちゃんと使える。

「うん。見たわよ。テレビ映り、いいじゃないの」

「いやあ、なんかマヌケっぽく見えたんじゃないの」

見えたけど、「うん」とは言えない。二丁目なら「うん」と言っても許されるけど、ゴールデン街は一部の有名な店以外、毒舌を売りにはしていない。

熱木はジンライムを頼んだ。

リフレインでは、それしか飲まなかったらしい。気取っていたのだろう。

たいしてうまそうでもなく一口飲んで、

「遠井のママの推理は的中したよ」

と、熱木は言った。

「まぐれ当たりね」

と、あたしは言った。

だが、まぐれなどではない。あたしはきわめて論理的に推理したのだ。

「プロデューサーには言っておこうかと思ったんだけどさ」

「なにを？」

「ここのママがアドバイスしてくれたと」

「やめてよ」

あたしはぴしゃりと言った。

「嫌かい？」

「あたし、テレビとは関わりたくないの。どうか、熱木さんが閃いたことにしてちょうだい。だいたい、あたしなんか適当なことを言っただけ。事実を積み重ね、最後の詰めも熱木さんがしたのだから」

あたしはそう言って、マヌケな探偵にやさしく笑いかけた。

「しかし、五年もこの上に通っていて、この店に初めて気づくなんてなあ」

熱木は店のなかを見回して言った。

「ほんとね。よっぽど縁がなかったのかしらね」

「でも、まあ、これで縁もできたし」

これからも来るつもりらしい。

「リフレインと正反対の雰囲気も面白いでしょ」

「あ、行ったことあるんだ？」

「そりゃあ、上と下だもの」

「リフレインはお洒落だったからなあ」

「ママも美人だったしね」

「ああ」

熱木はうっとりした顔になった。

十文字真紀の正体を知ったら、こいつ、きっと腰を抜かす。

「でも、これはこれで落ち着くかも」

そう言って、熱木はスツールにあぐらをかいた。お前は太宰治《だざいおさむ》か。

あたしはこのトンマな探偵を張り倒してやりたかった。

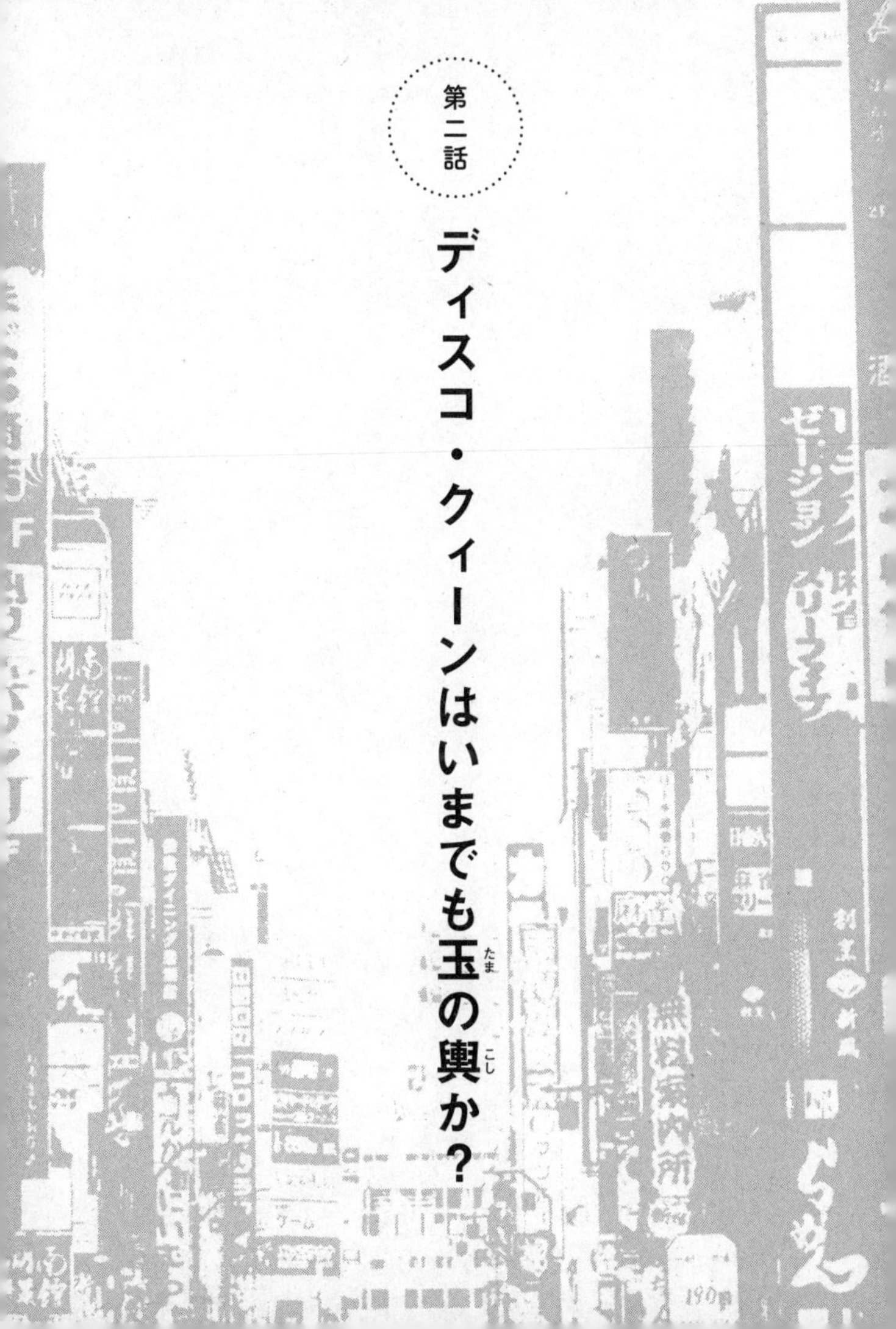

第二話

ディスコ・クィーンはいまでも玉《たま》の輿《こし》か？

1

わたしは依頼の打ち合わせを終えると、西新宿一丁目の事務所からガードをくぐって東口の歌舞伎町に来ていた。昼の歌舞伎町には滅多に来ないが、夜と同じくらい混雑しているのに驚いた。外国人観光客が多いのだ。こんな、日本美のかけらもない町に。こんな、ごちゃごちゃして変な臭いまでする町に……。もしかしたら外国人は、ニッポンのパンツのなかをのぞきたいのかもしれない。

いつのまにかゴジラロードという名前がついた道を入り、ゴジラの顔と爪を見ながら、突き当たったところを左手に回り込むと、さらに左手におなじみの広場が見えてきた。溢《あふ》れるというほどではないが、けっこうな数の人たちがたむろしている。

――ここなんだよな……。

わたしは周囲を見回す。さっきの依頼人の話のなかで、歌舞伎町のこのあたりにあったディスコのことがさんざん話題になったのである。

「コマ劇場の前の広場に面したところに東亜会館というビルがあってね、いまもあるのかな？　そのなかに何軒ものディスコが入っていたんです。三階にBIBA、四階にグリース、七階にGBラビッツ、それで真向かいのニューヨークニューヨーク。それとちょっと離れた伊勢丹《いせたん》のほうに行ったところにあったツバキハウス。ここを梯子《はしご》するんですよ。若くなきゃできませんよね。いまは、ぜんぶ消えちゃいましたけど」

依頼人はそう言って微笑《ほほえ》んだ。おそらくわたしと同年代だと思う。

コマ劇場前の広場というのは、新宿住まいのわたしには見慣れた場所だが、かつてディスコの聖地だったというので、改めて見に来てみた。

だが、いま、その広場に立っても、ディスコの文字はどこにもない。目立つのはゲームセンターとまんが喫茶の看板。

コマ劇場もない。かわりにあるのが、ゴジラの頭をつけた巨大なホテル。

ディスコ通いはしなかったわたしも、この場所には若いときから映画を観《み》に来ていた。その映画館も皆、消えてしまった。なんという面変わりだろう。

日本最大と言われたスクリーンを誇ったミラノ座が懐かしい。わたしは中学生や高校生のころ、ここで『E．T．』を観たのだ。『未知との遭遇』も『レイダース／失われた聖櫃《アーク》』もここだった。いまは、なんだかわからない仮設のビルがあるが、三、四年後には四十階建ての巨大エンターテインメントビルができるという。まさかそれが日本初のカジノなのか？

広場自体もあまり猥雑《わいざつ》な感じはしない。

元ポン引きの留さんが、現役を引退した理由を、

「近ごろの若いのは、あんまり女に飢えてねえんだよ」

と言っていたが、新宿の猥雑感が薄くなっていることにも関係してはいないだろうか。

「その新宿のディスコで、わたしと麻実《あさみ》はクィーンと呼ばれてたんです。もちろん、ほかにもクィーンはいっぱいいて、しょせん、わたしたちの顔なじみのなかのクィーンだったのでしょうが」

と、依頼人は言った。

「クィーンというからには、お立ち台とかで踊ったんですね？」

と、わたしは訊いた。

「あのころ、お立ち台っていうのはあまりなかったんです。ホールの真ん中で踊るのがカッコいいって感じでした」

「なるほど。さぞかし、もてたんでしょうね」

「自分で言うのもなんですが、もてたんでしょうね。それで、麻美はディスコで知り合った医者の卵と結婚し、埼玉の病院の院長夫人におさまったんです。玉の輿って、知り合いの皆から言われました」

「あ、その人、有名ですよね？」

と、わたしは言った。昔、テレビで見た覚えがある。

「いいえ。それはたぶん、〈ジュリアナ東京〉で踊っていた荒木《あらき》師匠のことですよね？」

「あ、そうかな」

扇子をひらひらさせながら、ミニスカートで踊る映像が頭に浮かんだ。

「そういえば、荒木師匠もお医者さんと結婚してましたね。でも、わたしたちはもうちょっと前です。ジュリアナ東京は平成になってからですから」

「そうでしたっけ？　ジュリアナ東京って、なんか昭和バブルの象徴みたいに思ってましたが」

そんなテレビ番組も見たことがある気がする。

「そう思ってる人、多いんですよね。それを言うなら、たぶん〈マハラジャ〉のことじゃないですか？」

「ああ、マハラジャ」

わたしは膝を打った。

ディスコにはほとんど無縁だったわたしでも、その名前は知っている。

「ディスコブームには何度か波があって、日本でいっきにブームが盛り上がったのは、『サタデー・ナイト・フィーバー』という映画が大ヒットし、ディスコの数が激増したときでした。昭和五十五年ごろです」

その映画のヒットは覚えている。ビージーズの歌もメロディを口ずさむことはできる。中学三年から高校一年くらいのことだった。

「それから、バブルが盛り上がるころ、お洒落な高級ディスコが六本木などにできて、新しいブームが起きました。マハラジャもその一つで、お立ち台ができたのもマハラジャが最初だったかもしれません」

「ははあ」

「でも、わたしたちは六本木は駄目でした。一度だけ、麻美とそのお医者さんの卵と、三人で行ったことがあるんです。話題のディスコに。でも、それっきりでした
……」

物語の終わりのような、切ない表情になった。

「というより、あれがディスコ通いの最後でした」

「そうでしたか」

「懐かしいです」

と、依頼人は目を細めた。

まさか、ディスコの思い出を語るために来たのか。

「ディスコっていまはあんまり見ないですよね？」

と、わたしは訊いた。

「いまは、クラブっていうんですよ。まだ、ありますよ」

「へえ」

「じつは、テレビの『昭和探偵』を見まして、この方なら上手に探ってもらえるのではないかと思ったのです」

ようやく本題に入った。

「なんでしょう？」

わたしは身を乗り出した。

「麻美は、いまでも幸せなのかと思って」

「幸せ？」

「いまも結婚はつづいているのか？　子どもはできたのか？　あるいは、じっさいは浮気ばかりの仮面夫婦なのか。そういうことを調べていただけませんか？」

「なるほど。つまり、ディスコ・クィーンはほんとうに玉の輿に乗ったのか、ということですね？」

「そういうことですね」

と、依頼人はうなずいた。

「ご自分で調べようとはなさらないので？　わたしどもの調査費は決して安くはないですよ」

「わたしが訊いても、本心は言わないと思います」

「そうかもしれませんね。では、わたしが当人に訊くのはいいんですか？」

「本当のことを言ってくれるならね」

依頼人は、本心が知りたいのだ。

「では、まず周囲から攻めてみましょう。ただ、幸せかどうかは心のなかのことですからね」

「でも、外からだってわかりますよ。むしろ、外からのほうがわかるかも」

「そういう場合もあるでしょうね」

結局、わたしはその風変わりな依頼を引き受けたのである。

わたしは、旧コマ劇場前の広場をゆっくりと歩いてみた。昭和の終わり、バブル全盛時のディスコの聖地。そういえば、付き合いで一、二回は新宿のディスコに来たことがあったのを思い出した。ここらへんだった。だが、東亜会館ではなかったと思う。あのディスコは、なんと言ったか？　ゼノン？　そんな名前ではなかったか。『YMCA』の曲がかかって、西城秀樹《さいじようひでき》の歌じゃないことに驚いたものだった。ステップを覚えるようなことはしなかったが、上手に踊る女の子が、ひどく格好良く見えたのは覚えている。

あのころの喧噪《けんそう》に耳を澄ましてみる。遠い喧噪。

だが、ディスコの音楽は聞こえてこない。

新宿――とくに歌舞伎町界隈は、数年来ないでいると様相が一変したりしている。わたしはゲームセンターとディスコの町が、性風俗の店が乱立する町になったのを目のあたりにしたこともある。いまは、さまざまな国の連中がたむろする国際都市になった。

――さて、もどるか。

わたしは、影もかたちもなくなった、かつてのディスコの聖地を後にした。

2

事務所にもどると、娘の葉亜杜は客用のソファに仰向けに寝そべって、ハーフらしい長い脚を伸ばしながら古そうな文庫本を読んでいた。

平成十年生まれのこの娘は、子どものころから本の虫だった。ニューヨークから東京のJ大の国文学科に入学したのだが、昭和の文学——とくに戦後の小説を専攻したいというからかなり変わっている。

わたしは向かいの一人がけのソファに座って、

「客は？」

と、声をかけた。

「なし。電話が二件。メモ、置いてある」

「なに、読んでる？」

「梶山季之《かじやまとしゆき》」

と、葉亜杜はそっけない口調で答えた。

「梶山季之？　エロ作家じゃなかったっけ？」

　わたしが馬鹿にしたように訊くと、

「エロもいっぱい書いたけど、それだけじゃない。戦後の経済復興のころの元気な一般人をまともに描いた数少ない作家。エロが多かったのは、単に彼の生きた時代がエロまみれだったから」

　葉亜杜は怒ったように言った。

「それは一般的な評価なのか？」

　わたしはからかうように訊いた。

「あのね、戦後の日本の文学をリードしたとされているのは、おもに戦後派、第三の新人、内向の世代と呼ばれた純文学の作家たちなの。でも、彼らの作品をいま読み返すと、どれもほとんどいっしょね。あの戦争で自分はいかに傷つき、その後の社会生活、家庭生活にはどうしても不適応だったというものばっかり。皆、ほとんど病気と思えるくらい弱っちいの。日本人てどうして、なにもかもが右へ倣えなんだろうね。そりゃ、なかには作品としていいものもあるけど、でも個性はほとんど感じない」

「あ、そうなの」

　小説は、アメリカのハードボイルド以外、司馬遼太郎《しばりようたろう》と藤沢周平《ふじさわしゆうへい》しか読まないわたしに返す言葉はない。しかも、葉亜杜はわたしには直接言わないが、この二人の作家にもかなり厳しい意見を持っているらしいのだ。

「だいたい小説家なんて、自我が膨らみ過ぎた、あまりまともじゃない人たちだよね。でも、戦後の大多数の日本人は豊かさを目指し、昭和三十年代、四十年代、五十年代と一生懸命働きつづけたわけじゃない。たくましくて、したたかで、元気だったよね。いまの日本は間違いなくその積み重ねじゃん」

「そら、そうだ」

「そういう人たちの暮らしとか喜怒哀楽とかをほっといて、自分はいかに変なのか、いかに傷ついてるかを皆で書きつづけたんだから、小説が売れなくなるのも当然だよね。逆に元気でしたたかでたくましい一般人とまともに向き合ったのは、むしろ大衆文学の作家たちで、たとえば舟橋聖一《ふなはしせいいち》の『芸者小夏』のシリーズとか、源氏鶏太《げんじけいた》の『三等重役』のシリーズ、山口瞳《やまぐちひとみ》の「江分利満《えぶりまん》氏」のシリーズ、梶山の『黒の試走車』『赤いダイヤ』『と金紳士』といった小説は、どれも大ベストセラーになってたよ」

「へえ」

『三等重役』というのは、たしか森繁久彌《もりしげひさや》の社長シリーズの原作だったのではないか。

「梶山季之は可哀《かわい》そうなんだけど、昭和五十年に四十五歳の若さで急死してしまったの。もしもっと長生きして、もうちょっと丁寧に書く余裕を持つことができていれば、和製バルザックとでも言いたいような、活《い》きのいい小説を書いてくれたんじゃないかなあ」

「なるほど」

「ただ、むかつくのは死後に著作が文庫化されて次々にベストセラーになるんだけど、その文庫の解説がどれもこれも、梶山はいいやつだった、気前がよかった、奢《おご》ってもらったと、そればっかりなの。町内のご隠居じゃないんだから、作家が解説でいいやつだったと褒められたって、それがなんになる?」

「ああ、それは違うよな」

「その作品を時代のなかにきちんと位置付けてあげてこその解説じゃん。ところが、それはほとんどなし。吉行淳之介《よしゆきじゅんのすけ》や色川武大《いろかわたけひろ》までいっしょ。ほんと梶山は可哀そうだったよ」

「そうか」

わたしは適当に相槌《あいづち》を打った。

葉亜杜はＪ大に近いこともあって、四谷《よつや》三丁目のわたしのマンションに住んでいる。当初は同居していたが、そのうち２ＤＫの部屋は葉亜杜が買い込んでくる膨大な古本に占領されて、わたしの居場所はなくなり、いまは事務所で寝泊まりする毎日である。

３

葉亜杜が帰ったあと、わたしは二軒の電話の用件を済ませてから、目の前の雀荘〈雀のお宿〉に顔を出した。

今日は常連のうち、ナベさんが来られないらしく、入江のママが入っていた。

「あ、熱木さん、打てる？」

「いいよ」

途中からわたしが入ることになった。

「今日、久しぶりにコマ劇場前の広場に行ってきましたよ」

と、わたしは切り出した。

すると、渡海教授がすかさず、

「あそこは、いまはシネシティ広場って言うんだよ。でも、コマ劇場前広場の前は噴水広場って言ってた。だから、また変わるだろうな」

と、言った。さすが社会学部の教授である。

「そうか。あそこ、昔は噴水があったんだ」

わたしがそう言うと、

「おれは、あそこで水浴びたこと、何度もあるよ」

と、留さんが言った。

「熱木さん。なんでまた、あんなとこに？」

教授に訊かれて、

「ちょっとディスコがらみの依頼が来まして」

「ディスコ！」

「ここじゃ、昔、ディスコ通いしたのは、社長かな？」

と、理恵社長に水を向けた。

「そりゃあ、もちろん行ったわよ。一時は毎晩のように行ってたね」

「どこの？」

「新宿のディスコは、たいがい行ったよ。昔からあったのはカンタベリーハウスとツバキハウスよね。それで、ディスコブームになってできたのが、ミルキーウェイ、ニューヨークニューヨーク、ゼノン、グリース、GBラビッツってとこかな」

依頼人が行っていたところと、かなり重なる。だが、理恵社長のほうがキャリアは上らしい。

「でも、新宿のディスコは田舎《いなか》のコと、学生が多かったんだよね。ステップなんかそろえちゃってさ。あたしがいちばん通ったころは、もうだいぶ大人だったから、新宿よりは六本木の高級ディスコのほうが楽しかった。だから、そのころの住まいは荻窪《おぎくぼ》だったけど、六本木まで足を伸ばしたわよ」

「マハラジャとか？」

わたしは仕入れたばかりの知識を持ち出した。

するとｊ、教授が嬉《うれ》しそうに、

「おう、マハラジャか。命名はあのデヴィ夫人なんだよな」

と、言った。

「そうなんですか？」

「そう、そう」

理恵社長もうなずいた。

どうやら本当らしい。デヴィ夫人、恐るべし。半世紀近く話題の中心に居つづけているのだ。

「まさか、教授もディスコに？」

「もちろん行ったよ。ただし、チークタイム目当てでね」

教授がそう言うと、

「チークタイム。懐かしい！」

と、入江のママが叫んだ。

「もう、可愛い子がいると、チークタイムになるのをそばに行ってて待つんだよな。それで、お願いしますって」

教授がそう言うと、

「そうそう」

理恵社長が嬉しそうにうなずいた。

「あの騒々しい音楽が、突然、静かでムーディな曲に変わるんだよな。あの唐突さがいいんだよ。前触れなしの急な転調。あれがドラマを生んだんじゃないのか」

と、留さんは言った。

ポン引きをしながら、シナリオライター志望だったとは聞いたことがある。

「いま、クラブじゃ、あれ、ないんだってな」

と、教授は残念そうに言った。

「そうか。六本木ですか」

わたしは新宿のほうの話を聞きたかったのだが、理恵社長はわたしの思惑などおかまいなしに、

「マハラジャは人気はあったんだけど、六本木っていっても麻布十番のほうにあったの。あのころは地下鉄なんか通ってないから辺鄙《へんぴ》なとこでね。もちろん車で行くんだけど」

「自分の？」

「そりゃあ、あのころはアッシーくんよ」

社長は当然でしょという顔で言った。

「ああ、いたなあ。アッシーくんにメッシーくんも」

と、わたしは言った。幸い、どっちにもならずに済んでいた。

「あのころ、男の子を顎で使う訓練をしていたから、いま、若い男の社員も使いこなせているんじゃないかしらね」

理恵社長の言葉に、

「なるほど。悪事にはいそしむものですなあ」

と、渡海教授は笑った。

「でも、あのころの六本木はほんと凄かった。面白いディスコが乱立しててね。キサナドゥというのは早くからあったよね。ほら、田中康夫《たなかやすお》の『なんとなく、クリスタル』にも出てきてたのよ」

「ああ、あれね」

と、入江のママがうなずいた。

「でも、六本木の交差点から溜池《ためいけ》のほうにちょっと下ると、右側にスクエアビルっていうのがあって、そのなかはほんとにディスコだらけだったんだよ。ギゼがあったでしょ、サンバクラブ、チャクラ・マンダラ、いちばん行ったのがネペンタ、地下には玉椿《たまつばき》があったっけ」

理恵社長は指折り数えた。ほかにもあったが、忘れたらしい。

「あとは、スクエアビルからちょっと裏に入ったところに日拓ビルというのがあって、そこの地下のエリアってとこも人気があったね」

「日拓ビルっていうのは、移転した中華料理屋の香妃園《こうひえん》がある隣のビルじゃないか。あそこの鶏煮込みそばとカレーライスはうまいんだよなあ」

教授が余計なことを言った。

「でも、いちばんよかったのは、トゥーリアってディスコだったけどね」

と言って、理恵社長はかすかに眉をひそめるようにした。そこでふられたりしたのかもしれない。

「社長は、ぜんぶ行ったの？」

「いま、あげたのは、もちろんぜんぶ行ってた。でも、熱木ちゃん、なんでディスコなわけ？」

「うーん。それは……」

探偵は、依頼人の秘密を守らなければならない。

だが、名前とか当人を特定できなければ大丈夫だろう。できるだけ具体的な話はせず、元ディスコ・クィーンが、玉の輿に乗った友だちのディスコ・クィーンはいまも幸せなのか知りたがっていることだけを話した。

「ああ、あいつね」

理恵社長がうなずいた。

「よくテレビに出てた人だな」

と、渡海教授。

「ジュリ扇のクィーンだな」

と、留さん。

皆、やはり、ジュリアナ東京の荒木師匠のことだと思ったらしい。わたしもそのほうが都合がいいので、誤解を解いたりはしなかった。

「嫉妬《しっと》だね。幸せなのかを知りたいんじゃなくて、不幸であって欲しいのよ」

と、理恵社長は言った。

「そりゃそうだ。あれだけちゃらちゃらして、その後もおかげさまでずっと幸せですじゃ、こっちはやってられねえよ」

留さんも厳しい。

「うん、わかる、その気持ちは」

と、入江のママ。

渡海教授だけが、よほどいい手が来たらしく、黙ってにんまりしている。

「あれ、でも、荒木師匠はたしか離婚してるわよ。いまは、コンサルタントかなんかしてたはずだなあ」

理恵社長は首をかしげた。

「でも、離婚したからって、不幸とは限らないわ」

入江のママが抗議するように言った。

ちょっと妙な雰囲気になった。

「なんか、ディスコの話したら、久しぶりに身体動かしたくなって来ちゃった。このあと、誰か行かない？」

理恵社長が皆を見回した。

「ディスコに？」

教授が臆した調子で訊いた。

「クラブによ」

「おれでよかったら」

と、留さんが言った。

「よし、留さん。あとで行こう」

御歳六十の理恵社長は元気である。

4

翌日――。

わたしはさっそく、埼玉の久喜《くき》市にあるその病院を訪ねてみた。

病院の名は、依頼人から聞いた。久喜東総合病院。

院長の名は、小田晶一《おだしょういち》。

奥さんの麻美さんの若いときの写真も見せてもらった。クィーンと言われただけあって、なかなか可愛らしい顔をしている。

隣には、やはり若いころの依頼人も写っていた。麻美さんは可愛いタヌキ。依頼人は可愛いキタキツネ。

それにしても、二人とも髪型はいかにもけばけばしいワンレングスカット。上着は思いっ切り肩を突っ張らかしている。銀座のクラブにでもお勤めしてたの？　と訊きたくなるが、当時はふつうにこんな恰好で出社していたのだ。上司は怒らなかったのかと不思議な気がするが、当時は上司もいっしょになって調子に乗っていた。

疲れたろ　バブルのころの　怒り肩

下手な川柳が浮かんだ。

「同じ病院で、わたしは看護師、麻美は医療事務の仕事をしてました。だから、大学病院で医者の卵だった小田さんとも最初から話が合うところはあったのです」

依頼人はそう言っていた。

病院は駅の、賑《にぎ》わっていないほうの東口に出て、そこから十分ほど歩いたところにあるらしい。

おおまかなところは、昨日の夜、ネットで調べておいた。

総合病院だが、どちらかといえば外科が得意らしい。診療科のところは、外科が最初に大きく書かれ、整形外科、脳神経外科とつづき、内科、消化器科、放射線科とあった。

また、埼玉県の救急医療機関になっていて、おそらく界隈の交通事故の怪我人が、救急車で運び込まれたりするのだろう。

ベッド数は、五十となっていた。

院長の写真も載っていて、とくに目立たない、むしろ気弱な公務員といった感じの顔をしていた。

副院長もいて、こちらは小田晋二《しんじ》郎《ろう》。写真から察するに、どうも院長の子どもではなく、弟らしい。

左右二車線ずつの大きな道路の信号を渡ったところに、その病院はあった。

三階建てのなかなか洒落た建物である。

門をくぐると駐車場が並び、建物のわきにはちょうど救急車が来ていた。

なかに入る前に建物の裏のほうも見てみる。

同じ敷地《しきち》のなかに、家が一軒建っていた。たぶん、院長か副院長の家だろう。窓などは閉まっていて、洗濯物が出ていると家族構成がわかったりするが、出ていなかった。

道を挟んで、小さなマンションがあった。その前にいると、若い男が出て来た。声をかけようと思ったが、やめにした。若い男など、近所のことなど知っているわけがない。

そのうち、赤ちゃんをベビーカーに乗せた若いママが出て来たので、

「ちょっとお訊きしますが」

と、声をかけた。

「その家は、病院の院長先生の家ですよね？」

「知らない、そんなこと」

半身になって首を横に振った。

「そうですか」

「変なこと、訊かないでください」

若いママは怒った顔で行ってしまった。わたしはそんなに変なことを訊いたのだろ

うか。

　さらにしばらく待っていると、駅のほうから自転車に乗った警察官がやって来た。

「あなた、なにしてました？」

　警官は自転車を止め、油断なく近づいて来て、わたしに訊いた。

「え、いや、ちょっと」

「不審な人がいるという報《しら》せがあったんだけどね」

「ははあ」

　さっきのベビーカーのママがお報せしてくれたらしい。

「じつは、探偵なんですよ」

　と、わたしは内閣総理大臣認可の身分証を呈示した。日本調査業協会の加盟員であることを証明している。

「ああ、なるほど」

「依頼の中身はお話しできませんが、怪しいことはしてませんよ。ここは退散します」

「そうですか。わかりました」

　わたしが歩き出したのを見て、警察官も自転車に乗った。

それから病院の敷地内にもどり、ロビーに入った。ビニール製の薄紫色で統一されたソファは、明るく清潔そうだった。

救急隊員がいて、事務員となにか打ち合わせをしていた。

わたしはソファに座り、隣の患者のようすを見た。

両方の膝にサポーターをしている。六十くらいのおばちゃん。

「ここは長いんですか？」

わたしは膝をこすりながら、患者のふりをして訊いた。

「うん、もう、十年くらい」

「院長先生は丁寧に診てくれますよね？」

「いい先生よ。やさしくて」

「そういえば、院長の奥さんをお見かけしました」

「ああ、ちょっと足が悪いのかな。美人だけどね」

「ええ」

足が悪いというのは聞いていない。結婚してから悪くなったのか。

「おとなしそうな人よね。病院のほうにはまったく出て来ないけどね」

元ディスコ・クィーンがおとなしいのだろうか。不幸の匂いがしてきた。

もう少し訊きたかったが、そこで薬の順番が来てしまい、

「お先に」

と、おばちゃんは帰って行った。

おしゃべりそうな患者を物色していたが、なかなか適当なのはいない。

そのうち、手術室のほうから院長が出て来て、奥のほうへ向かうのが見えた。救急車の患者の処置を終えたらしい。

わたしは、受付で医療事務をしている女の子に、

「いまの院長先生だよね？」

と、訊いた。

「そうですよ」

「奥さんは元気かな？」

さりげなく訊いたつもりだが、やはり唐突な印象は避けがたいだろう。

「奥さん？」

隣にいるもう一人の事務員と顔を合わせた。

「そう、きれいな奥さん。おとなしくて」

探偵は、仕入れた情報をすぐに活用するのだ。

「奥さん、亡くなりましたよ」

「え」

「三ヵ月前」

「病気かなにかで？」

「いえ、交通事故でした。出先で乗ったタクシーがダンプに追突されたんです。それ以上、詳しくは……」

女の子は口を濁した。

これ以上訊けば、完全に不審者扱いされる。

5

わたしは西新宿の事務所にもどってから、依頼人に電話をし、

「小田麻美さんは亡くなってますよ。三ヵ月前、出先でタクシーに乗っていて、交通事故に遭われました」

と、告げた。

「…………」

　無言がつづいた。

「調査はこれで終了しますか？」

　と、わたしは訊いた。

「いえ。だったら、なおさら麻美が幸せだったか、知りたいんです。そのまま、調査をつづけてください」

「わかりました」

　わたしはそう言ったあと、

「もしかして、ご存じでした？」

　と、訊いた。

「なにを？」

「亡くなっていたことをですよ」

「…………」

　なかなか答えないが、わたしはそのままなにか言うのを待った。

　それは、帰りの電車のなかで突然、思い至ったのだ。当時を振り返るときの依頼人の表情が、あまりにも強い懐旧の念に溢れていたと思ったからである。ちょうど、亡くなった人を懐かしむような……。

「じつは、友だちからそれらしいことは」

「やはり」

「それで、ますます知りたくなったんです」

亡くなった人に対して嫉妬することはないだろう。だとしたら、純粋に幸せだったかどうかを知りたいのか？

どうも、他に事情があるような気がしてきた。

「なにか隠していることはないですよね？」

と、わたしは訊いた。

「隠していること……？」

「はい」

たぶんあるのだ。

「もしあったとしても、それを伝えなくても麻美が幸せだったかどうかは調べられると思います」

「ははあ」

どうもすっきりしない。

——まさか……。

とんでもないことを思いついた。

「もしかして、殺人事件だったと疑ってる？」

だとしたら、その調査はわたしには無理である。フィリップ・マーロウか、マイク・ハマーに頼んでもらいたい。なにせ日本の探偵は拳銃を携帯することができないので、殺人犯に接触するのはあまりに危険なのだ。

「そんな馬鹿な。では、よろしくお願いします」

依頼人は電話を切った。


それからわたしは、〈雀のお宿〉に顔を出した。ここから中華料理屋の出前でも取り、夕食にすることにした。なにせ、自宅のマンションならともかく、事務所のテーブルで一人食べる夕食が味気なく思うようになってきている。

今宵《こよい》はいつものメンバーがそろっていた。

「夕飯、頼んだ？」

入江のママに訊いた。

「あ、いま、頼んだばっかり。なに？　追加するわよ」

「半チャンラーメン」

探偵は糖質制限などしない。でんぷんが足りないと、尾行の途中でへばってしまう恐れがある。

するとそこへ、入江のママの息子の捷平が来て、

「おれも出前。かつ丼とラーメンとギョーザ」

若者も糖質制限はしない。それなのに身体はスリムに絞れている。一方わたしは身長は百七十五センチだが、体重は九十キロを超える。

それからわたしは、常連の卓のわきに座り、

「昨夜、行ったんですか、クラブに？」

と、理恵社長に訊いた。

「もちろんよ。留さんが、ものすごくステップが上手なのに驚いちゃった」

「うまかないって」

留さんは照れた。留さんは、たしか理恵社長より二つ上。

「ううん。男であれだけ踊れるっていうのは、相当遊んできたんだよ、この人」

「そりゃあ、そっちのほうはね」

自慢げな顔をした。

「それで引っかけてたんだ？」

ナベさんが訊いた。

「だって、ディスコはそういうところでもあったんだから」

「それで、女の子をあっちの道に？」

生真面目なナベさんの問いには、批難の気配が混じる。

「馬鹿言っちゃいけない。それはまた、別だから」

留さんは、この近くのマンションで女性と暮している。なにをしている女性なのか聞いたことなはいが、入江のママが一度、いっしょに歩いているのを見かけたそうで、着物姿だったらしい。「四十くらいのきれいな人だった」という。

元ポン引きで、シナリオライター志望だった留さんの、華麗で、深くて、えぐみたっぷりの人生。

「それより、ディスコの調査はどうだった？」

と、渡海教授が訊いた。

「玉の輿のディスコ・クィーンは亡くなっていましたよ」

「あら？　荒木師匠、最近、テレビに出てたよ」

理恵社長が目を丸くした。

「誰も荒木師匠のことだなんて言ってませんよ」

「なんだ、違うの」

「じゃあ、依頼も終わりかい？」

教授が訊いた。

「いや、幸せだったか、ぜひ調べてもらいたいんだそうです。依頼人は、当人が亡くなってたのを知ってたんですよ」

と、わたしは言った。

「ほう。それじゃ、嫉妬ではなかったんだ？」

教授はさすがに理解が早い。

「そう。なんか、話したくないことはあるらしいんですが」

「だったら、あれよ。殺人を疑ってるのよ」

と、理恵社長が手を打った。

「なるほど」

ナベさんがうなずいた。

「まるでミステリーだな」

留さんが言い、

「謎解かなきゃ、熱木さん」

と、教授まで乗った。

「生憎ですが、出先のタクシーがダンプに追突されたんです。ミステリーでもあるまいし、そんな殺人、仕組めます？」

わたしがそう言うと、皆はいっせいにがっかりしたのだった。

6

亡くなったことは、病院の関係者であれば皆、知っているだろうから、逆に話もしやすいはずである。

ところが、これが意外に難しかった。

まず、かなりベテランらしき看護師に接触した。階段の踊り場で捕まえ、

「じつは、院長の後妻のことで前の方のことを調べてくれと頼まれましてね」

と、切り出した。

「あら、そう」

看護師は嬉しそうな顔になった。

「亡くなった奥さんとの仲はどうだったんです？」

「それは知らない。ほとんど、こっちには姿を見せなかったから」

「あの家から喧嘩の声がしたとか？」

「そんな話、聞いたことないわね」

「じゃあ、仲良さそうにしてたとかは？」

「それも見たことない。ちょっと足が悪かったから、身体が傾く感じで、明るい感じはしなかったんだよね」

看護師は声を低めて言った。

「足はいつ悪くなったんですか？」

「結婚前からって聞いたけど」

「結婚前から？」

小田麻美は元ディスコ・クィーンなのだ。そんなはずがない。

「あたしも、ここに来て十五年だから、その前のことは知らないわよ」

「奥さんは、元ディスコ・クィーンだったそうですよ」

「え？　そんな話は聞いたことないね。あんた、ほんとに後妻のことで訊いてるの？」

看護師は、わたしを睨み、階段を駆け下りて行った。

ほかの誰に訊いても、こんな感じだった。

7

わたしは、疲れ果てて新宿にもどると、ゴールデン街にあるこのあいだの店〈遠い昭和〉に顔を出してみることにした。もしかしたら、あの遠井のママに、ヒントになるようなことを教えてもらえるかもしれない。

店の前まで来ると、リフレインが再開されていないか、ちらりと階段のほうを見てしまう。貼り紙はなくなっていたが、代わりにロープが張られ、上がれないようになっていた。誰がしたのか、ずいぶん寂しい仕打ちではないか。

ふと、ママの十文字真紀の笑顔が浮かんだ。

「あら、いらっしゃい。あたしの名探偵」

あのセリフは間違いなく本気だった。

だが、今日はその下の店。なんだか人生がワンフロア下がったような気がする。

「いらっしゃい」

クールビューティではなく、昭和のおばちゃん。天国と地獄とまで言ったら、いくらなんでも失礼か。

「この前は、どうも」

「………」

遠井のママは軽く微笑んだ。

なんか変な感じである。冷たいというか、知らないふりをされたというか。

若い美人は気まぐれを平気で表に出したりするが、六十過ぎた、それも水商売やってる女性の気まぐれは駄目だろう。

今夜は一杯だけ飲んで、早く帰ることにしよう。

わたしが注文したジンライムをカウンターにだすと、遠井のママはカウンターの奥の席に行き、この前もいた常連の二人となにか話し込んだ。

もどって来ると、調子が変わっていた。

「今日も面白い話はないの、探偵さん?」

「面白い話?」

「このあいだのアグネスのショーツみたいな」

どうやらさっきは資金繰りで悩んででもいたらしい。してみると、奥の二人が溜《た》まっていたツケを払う約束でもしたのだろう。

「ママはディスコ・ブームなんか知らないだろうね」

「いつの？」

「昭和の終わりごろ」

「マハラジャがのしてきたころね」

「知ってるんだ」

「そりゃあ、新宿で水商売してるくらいだもの、ディスコくらい行ってるでしょうよ」

「なるほど」

三十年ちょっと前のことである。このママは六十五くらいだろうから、ずいぶん遅くまで、ディスコ遊びをしていたものである。

「それでなに、いまはないディスコの経営者でも捜してくれというの？」

「違うよ。じつはさ……」

わたしは具体名は避け、依頼と一連の調査の過程を遠井のママに話した。

「ふーん。ディスコ・クィーンはちゃんと玉の輿に乗れたのかってことか」

「幸せだったかどうかなんて難しいよな」

「もうちょっと手がかりが欲しいよね」

「手がかり？」

「なんか隠してるんでしょ？」

「そうなんだよ」

「元ディスコ・クィーンで足が悪いのも変だねえ」

「だろ」

遠井のママは、

「音楽があったほうが考えやすい」

と言って、CDをセットした。吉田《よしだ》拓郎《たくろう》の歌。ディスコの話をしているのに、フォークソングはないだろう。

「でも、ディスコ・ブームって、盛り上がるとそれに水を差すような事件があったりしたんだよね」

「そうなの？」

「新宿のディスコで知り合った男に女子中学生が殺されたことがある。殺されたのは千葉だけど、新宿ディスコ殺人事件なんて言われたりしたよ」

「あった、あった」

「たしか、あれがきっかけで風俗営業法が改正され、ディスコは朝までやれなくなったんだよ」

「そんなこともあった」

まさか、そんなことに彼らがからんでいる？　いや、それはないだろう。

「それと六本木にできた高級ディスコで巨大照明の転落事故があり、六本木のディスコは一時期、下火になったんだ」

「そういえば……」

と、わたしは思い出した。

「なに？」

「依頼人たちは、一度だけ六本木のディスコに行ったけど、つまらなかったのか、それっきり行かなくなったと」

「それ、臭いじゃん。あのディスコ、なんて言ったかね？」

遠井のママは、奥の常連たちに声をかけた。

「トゥーリア」

と、片割れが言った。なんだよ、こっちの話、聞いていたんじゃないか。

それに、そのディスコの名は、理恵社長も口にした。途中で話をやめたのは、事故のことを思い出したのかもしれない。

「あ、そうそう。トゥーリア。ネットで調べてみなよ」

わたしはすぐに、ネットにアクセスして、そのディスコについて調べてみた。


トゥーリアは、六本木七丁目にあった。

空間プロデューサーとして有名だった山本《やまもと》コテツが手がけ、内装はハリウッドでも有名だったデザイナーのシド・ミードが担当した。

だが、昭和六十三年（一九八八）一月五日、巨大な照明装置が落下し、死者三名、負傷者十四名を出し、トゥーリアはそのまま閉店となった。


大雑把にはそんなこと。さらに詳しいことが知りたくて、記事を検索していく。

途中、空腹を覚えて、

「ここって食べるものはできるの？」

スマホを見ながら、遠井のママに訊いた。

リフレインには、腹の足しになるようなものはなにもなかった。せいぜい高級チーズにカナッペくらい。また、あの店に料理の匂いは似合わなかった。

遠井のママはわたしを睨み、

「当たり前だろ。焼きうどん、チーズ餅、ソーメン、お茶漬け、なにがいい？」

と、訊いた。

「え？　焼きうどん、できるの？」

「昭和のスナックの定番でしょうが。ゴールデン街でいちばんうまいよ」

「卵落とす？」

「もちろん」

「ネギたっぷり？」

「できるよ」

「ソース味だよね？」

「当たり前だろ」

これがまさに昭和の焼きうどんで、わたしは大いに満足したのだった。

8

翌朝、図書館で新聞のバックナンバーを当たった。

亡くなった人の名前は書いてあったが、怪我人全員までは載っていない。

――そうだ。

わたしは、『昭和探偵』のプロデューサーの山崎に電話をした。

「おう、熱木か。『昭和探偵』の視聴率がまずまずだったので、いま、パート2を企画中だ。また、頼むぞ」

「それより、昭和のディスコのことを調べてな。昭和六十三年の一月五日に、六本木のトゥーリアで巨大照明の落下事故があったんだ」

「あった、あった。おれはまだ、報道部にいて、現場に駆けつけたよ」

「そうなのか。ちょうどいい。そんときの取材映像を見せてもらいたいんだ」

「ああ、いいよ。こっちへ来てくれ」

わたしはすぐに駆けつけた。

そして、局のアシスタントにも手伝ってもらい、報道局の倉庫からトゥーリアの事故のニュース用ビデオテープを見つけ出した。

当時の映像は顔にモザイクなどかけられていない。事故現場などは、いまの映りのいい、しかしモザイクがかかった映像より、むしろ生々しい。

「あ」

担架で運ばれている女性は、顔に手を当てているのでわからない。だが、心配そうに寄り添う若い小田院長と、依頼人がはっきり映っていた。

「これだ」

「なにが？　なに、調べてる？」

と、山崎は訊いた。

「依頼の中身は言えないんだけど、おれを番組の調査員てことにはできないか？」

「じっさい、そうだろうが」

と、山崎は軽い調子で言った。

「だったら、名刺つくらせてくれよ。局の名前が入ったやつ」

「いいよ。肩書はどうする？」

「『昭和探偵』の調査員でいいよ」

「じゃあ、つくらせとくよ。名刺なんか一時間もあればできるぞ」

なんと素晴らしい機動力ではないか。さすがにテレビ局というところはたいしたものだと思う。

小田麻美が幸せだったか？

その疑問は結局、直接、小田院長に訊くのがいちばんなのだ。だが、「奥さんは幸せでしたか?」とは訊けない。事故のことから入って、その後の人生がどう変わったかを訊けば、おのずと答えも導かれるだろう。

それには、テレビの番組を利用させてもらうことにしたのだった。

その日のうちに、わたしは久喜東総合病院を訪れた。

「先ほど電話でお話ししたように、昭和のできごとをいろいろ調べてまして」

と、言いながら、わたしは局のマークまで入った名刺を差し出した。

「あ、なるほど」

小田院長はすっかり信用し、

「ふつう、テレビ局のデータマンは若い方ばかりと思ってましたが、けっこう年配の人もおられるんですね」

と、なかなか鋭いことを言った。

「なにせ、昭和のネタですのでね。若い人には無理なんですよ」

わたしはすばやく切り返した。

探偵は臨機応変でなければならない。ときにはベテランの漫才師のような芸当も必要とする。

「なるほど」

「院長先生は、トゥーリアの事故に巻き込まれたのですよね？」

「それ、誰に訊きました？　わたしはほとんど誰にも話してないはずですし、あんなできごとを覚えている人も少ないと思いますよ」

「そこはいろいろ当たりましたよ。病院関係とか、ま、テレビ局ってところは、いろんなルートを持ってますのでね」

「へえ」

「それで、現場の雰囲気をご存じの院長先生には、ぜひ、あのときのことをお訊きしたいんですよ」

「いやあ、雰囲気もなにもいきなりでしたからね。ホールに入って、おお、ここが噂《うわさ》のディスコか、あれが話題の照明か、宇宙船みたいで凄いなあなんて思っているうちですよ。もう、いきなりドーンと来ましたから」

「前触れみたいな音とかはなかったんですか？」

「あっても、あの大音量じゃわからないでしょう」

「なるほど。お一人で行かれたのですか？」

「いや、三人で行ったのです。じつは、そのあと結婚した麻美という――三ヵ月前に交通事故で急死してしまったのですが」

「そうでしたか」

「その麻美とわたしと、それから麻美の友だちだった女性と、三人で行っていたのです。初めての六本木であれですよ」

「それまでディスコには？」

「もっぱら新宿ばかりでした」

「なるほど」

「あのとき、危ないと言って、麻美がわたしを強く押し出すようにしました。そのおかげで、わたしに怪我はなかったです。でも、麻美が腰のあたりを打って……。かなりの怪我でした」

「そうでしたか」

「当時、わたしはまだ研修医で、内科医になるつもりだったのですが、外科に進んだのもあれがきっかけでした」

「では、結婚の決意も助けてもらったことで？」

「そうですね。ただ、もともと彼女は魅力的な娘《こ》でしたから」

「でも、それまでは付き合ってなかった？」

「じつは、もう一人、いっしょに行った娘と」

「そうなので」

依頼人が肝心なことを言わなかった理由はたぶん、そこにあるのだろう。恋の秘密。微妙な三角関係。言いたくないのは、気持ちの整理がついていないのか。

「それからディスコには？」

「一度も行ってませんよ」

「ディスコは忌まわしいところですか？」

わたしが訊くと、院長は意外にも微笑んで、

「それがそうでもないんです」

「え？」

「家のほうに来てもらうとわかります」

「あ、ぜひ」

院長はわたしを家に案内してくれた。

それは二階の一室だった。広さで言うと十畳くらいの部屋だろう。

「いいですか？」

電気を消すと、原色の照明が渦を巻き、大音量のディスコミュージックが流れ出し

た。

「凄いですね」

わたしは院長の耳元で怒鳴った。

「じつは、麻美が亡くなる前まで、ときどきここで踊ってました。あのころを、くだらない馬鹿馬鹿しい時代だったと思う人もいるみたいですが、わたしたちにはひたすら懐かしい、楽しかった時代でしたよ」

わたしは部屋を見回し、

「写真、撮ってはいけませんか？」

と、訊いた。

「いいですよ」

わたしは、スマホのビデオでこの照明のようすなどを撮影した。

別れ際、

「じゃあ、奥さんはそのとき大怪我はしたけど、結局、いいご主人を見つけたってわけですね？」

と、わたしは訊いた。

「そりゃあ、満点とは言えないでしょうが、麻美に助けられたわけですからね」

院長はしみじみとした口調で言った。

9

依頼人とは、六本木の〈アマンド〉で待ち合わせた。依頼人が指定してきたのだ。あのどぎついピンク色の庇《ひさし》は無くなってしまったが、いまだに同じところで商売をつづけているのだから、たいしたものだった。

「幸せでしたよ」

わたしはすぐに言った。

「そうですか。よかった……」

「少なくとも大事にされていました」

「それがいちばんですよ」

依頼人の目から、涙が一筋流れた。

「子どもはできなかったそうです」

「そうなの」

「若いときに怪我をされ、排卵機能が十全ではなかったそうです」

「そうだったのね」

「でも、副院長をしている弟さんのところに子どもが三人いて、その甥《おい》っ子、姪《めい》っ子たちをものすごく可愛がっていたみたいです」

「そうなのね」

「面白い映像をお見せしましょうか？」

「なに？」

「院長の家の一室です」

そう言って、わたしはスマホを依頼人の前にかざした。ユーロビートの音楽もいっしょに流れている。

「まあ」

しばらく声がなかった。

「二人でときどき楽しんでいたそうです」

「そうだったんですね」

と言った声は、嬉しそうだった。

依頼人は、調査費を払い、

「嫉妬で調べてくれと頼んだと思われたでしょ？」

と、わたしに訊いた。

「いや、まあ」

わたしは返事を濁した。事情を知った以上、それがゼロとは言えない気もしてきた。

「じつは、わたしも一度は玉の輿に乗ったんです。八王子の駅前に、いくつもビルを持った家のドラ息子でした。わたしの場合は、五年で終わりましたけど、慰謝料でアメリカに行って勉強し、いまは外国人相手の医療相談の会社をやってます」

「それはそれは」

いま、その手の商売が繁盛しているとは聞いている。依頼人の服装などを見ても、裕福であることはすぐにわかる。

それから外に出た。

「ちょっと向こうに歩いてみません？」

依頼人は青山のほうを指差した。

「いいですよ」

「このあたりはほんとに変わってしまって」

「そうみたいですね」

と、わたしは言った。六本木で遊んだという経験がほとんどない者にはまったくわからない。

依頼人は足を止め、ミッドタウンを指差して、

「だって、ここは防衛庁だったのよ」

と、言った。

「そうですよね」

それはわたしにもうっすら覚えがある。いかめしい門の前には、いつも守衛が立っていた。

それから依頼人は後ろのほうを見て、

「ああ、あそこ」

指差したのは大通りからちょっと入ったあたり。近づいてみると、そこには小さなお地蔵さんがあった。

「ここにもディスコがあったんですよ」

「そうですか」

と、わたしはしらばくれた。

トゥーリアの跡地。お地蔵さんは、あの事故で亡くなった人への供養のためだろ

う。いま、ここを歩く人のどれくらいが、この前で足を止めるのだろう。

「うたかた」

と、依頼人はかすかに微笑んで言った。

うたかた。わたしは事務所にもどって辞書を引いた。

水面に浮かぶ泡。はかなく消えやすいもの。

＊　　＊　　＊

ソフト帽に手をあてながら、探偵の熱木が入って来た。

「いらっしゃい」

奥に常連の田村《たむら》と村田《むらた》がいるからだろう、入口近くの席に座った。

熱木はリフレインのときから飲んでいるらしいジンライムを頼み、一口飲んでから、

「ディスコの件、助かったよ」

と、言った。

「あら、そう」

「やっぱりトゥーリアの事故がからんでた」

「へえ」

「ママ、鋭いね」

「そうかしら」

「ミステリーとか読んでる？」

「読まないよ。あんな嘘っ八」

あたしはちらりと田村と村田を見た。二人とも、俯きがちでにやにや笑っている。

「そりゃあ、嘘っ八だけどさ」

熱木は二杯目を頼んでから、

「ただ、いまいち、わからないんだよね」

「なにが？」

「依頼人が、麻美って昔の友だちが幸せかどうか、あんなに知りたがったことが」

「わからない？」

と、あたしは訊いた。

「うん」

「女心だよ」

「女心？」

「ドラマの結末を知りたかったのよ」

「ドラマの結末？」

「その人にとっては、人生最大のドラマだったんでしょ。自分と院長と麻美さんの三人のドラマ。自分の結末は知ってるわよね。あとは、院長と麻美の結末が知りたいでしょうよ。それほど意地の悪い気持ちじゃなかったと思うよ」

「なるほどね」

「真実を見つけることだけが探偵の仕事じゃない」

と、あたしは言った。

「え？」

「ドラマの結末を見つけてやるのが探偵の仕事かも」

あたしは、たぶん熱木は気持ち悪いだろうと思いつつ、ウインクをしてやった。

第三話

総理候補が汲《く》み取《と》り便所に落ちた？

1

〈熱木探偵事務所〉は、住居用の１ＬＤＫをそのまま使っていて、受付と応接セットのある客用の部屋の奥にわたしの寝室兼仕事部屋がある。なかは散らかり放題なので、客用の部屋からは見えないようにしてある。

そこへいちおうノックをして入って来た葉亜杜が、わたしに顔を寄せ、

「いま来た依頼人、たぶん堅気じゃないよ」

と、言った。

「堅気じゃないって？」

「やーさん」

「まじかよ」

ヤクザは面倒ごとで探偵を使ったりはしない。

となると、自分の女の浮気調査あたりか。

だが、浮気相手がほかの組の組長だったりすると、わたしはドンパチの真っただ中に巻き込まれるかもしれない。

うんざりした気分で、応接室に顔を出した。

「熱木です」

わたしはドスを効かせた声で言った。ヤクザに気合負けするようでは、探偵稼業はやっていけない。

依頼人の歳は、四十代半ばか。スーツだがノーネクタイ。スーツは身体に合ったいいものだが、靴のかかとがだいぶ擦り減っている。

――ははあ。

堅気ではないが、わたしの勘ではやくざではない。この歳のやくざは、かかとが擦り減るほど歩いたりしない。

「じつは、政治家の野池苗子《のいけなえこ》を調査してもらいたいんですよ」

と、依頼人は言った。

それですぐにわかった。政治家の秘書。第一秘書ではない。ふだんは地元にいるが、選挙が近いので東京に来ているのだろう。

もちろん名刺には政治家の名前は入っていない。魁《さきがけ》プランニングという会社名の社長という肩書だが、当然、政治家の名前と秘書の肩書が入った名刺も持っているはずである。

「野池さんの……」

いまをときめく衆議院議員である。歳は六十代の半ばくらいではなかったか。総理候補の呼び声も高い。

「じつは、彼女には妙な噂がありましてね」

「ほう」

いままでスキャンダルには縁がなかったはずである。同じ政治家同士で結婚し、子どもも何人かいた。その子どもでも、ぐれたのか。

「野池はF県K市の出身で、選挙区もそこなのですが、その田舎にいたときに小学校の便所に落ちたことがあったそうなんです」

「便所に？」

「あのころですから、もちろん汲み取り式ですよ」

「でしょうね」

「いやあ、あの上品で聡明《そうめい》な野池さんが、ほんとかなと思いましてね」

依頼人はわざとらしく軽い調子で言った。

「ちょっとイメージが違いますね」

わたしも調子よく二、三度うなずいてみせた。

「本当かどうか調べてもらいたいんですよ」

「野池さんの過去ねえ……」

ちょっとためらう振りをした。

もちろん依頼人は、野池苗子の敵陣の秘書である。

お洒落でクリーンなイメージの野池にそんな過去が明らかになれば、イメージダウンは避けられないだろう。ましてや選挙も近い。

わたしは内心、そろそろ日本にも女性総理大臣が登場してもいいとは思っていた。この仕事が成功すれば、野池苗子の総理の目は消えるかもしれないが、しかしこれは仕事である。個人的な支持は別問題である。

政治家がらみの仕事は初めてではない。前にも二度、立候補予定者の身辺を探ってくれと頼まれたことがある。

一人はたいして問題はなかったが、もう一人は面白かった。まだ三十くらいの若い男で、東大を出て外務省に勤め、途中、国連に出向してと、キャリアは申し分なかった。ところが、こいつは女に夢中になると、とんでもないことをしでかすやつだった。

ニューヨークにいたときは、惚れたアメリカ人女性を無理やり酔わせるとセスナ機に乗せ、免許もないくせに自分で操縦し、女性に死ぬほどの恐怖を味わわせた。また、大学生だったときも、やはり酒に酔わせると、バンジージャンプをやっている遊園地に連れて行き、嫌がるのを飛び降りさせた。

どっちもレイプ行為はなかったので、起訴まではされていないが、明らかにおかしな性癖の持ち主である。これを報告すると、たちまち政党推薦は取り消されていた。

選挙が近くなると、この手の依頼はあるのだ。ただ、ふつうは具体的な話はなく、どういう噂があるか探ってくれという漠然とした依頼になる。

だが、これはピンポイントの調査である。むしろ調べやすい。

「野池さんの出身地は？」

「F県のK市というところですが、ここは合併したので、野池さんが子どものころは村だったでしょうね。そこの熊の森小学校というところを卒業しています」

「となると、しばらく現地に入ることになりますね？」

「経費がかさむのは仕方ないでしょう」

わたしは一瞬、迷った振りをして、

「わかりました。やらせてもらいましょう」

と、うなずいた。

依頼人が出て行くとすぐ、

「いまの話だけどさ、便所に落ちたってどういうこと？」

受付の椅子に座ったまま、葉亜杜が訊いた。

わたしは葉亜杜の顔を見て、考えた。

この娘は、東京とニューヨークしか住んだことがない。しかも、平成十年生まれ。

「お前は、ぼっとん便所って知らないだろ？」

「ぼっとん便所？」

この娘は半端じゃない数の小説を読んでいるが、小説にはほとんど出て来ない言葉だろう。

「便所は知ってるだろ？」

「トイレでしょうが」

「ぼっとん便所は、時代小説だと厠《かわや》のことだ」

「ああ、後架《こうか》ね。つまり、下水道には流れ込まず、下に溜め込むやつ」

「それに落ちたんだ」

「どうやって？」

「足を踏み外したんだろうが。子どもだから、すぽっと嵌《は》まったんだろう」

「え？」

どうも状況が飲み込めていないらしい。

「わかんないか？」

「あたし、ぼっとん便所、見たことあるよ。ていうか、使ったこともある」

「どこで？」

「アメリカで。ママとマサチューセッツ州の山奥にキャンプに行ったとき、そこの山小屋はぼっとん便所だった。でも、あれにどうやって落ちるの？　子どもの頭だって入らないよ」

「ははあ」

こいつは、洋式トイレのぼっとん便所に入ったんだ。

「お前、和式のトイレ、知らないんだ？」

「和式の？　ううん。一度、入ったことある。え？　でも、あれに落ちる？　段になってるよね？」

「段に？」

そういえば、階段式になっているものもある。

「あのな、段になってないのがふつうだったんだ。つまり、戸を開けると、そこに和式の穴がぽっかり開いていた」

「ええっ。いきなり？　落とし穴みたいじゃん。それじゃあ、誰だって落ちるよ！」

これはやはり、実物を体験してみないとわからないのかもしれない。

2

「じゃあ、明日は休んでいいでしょう？」

帰り仕度をしながら、葉亜杜が訊いた。

「ああ、いいよ」

「明後日《あさって》も？」

「わからん。メールする」

「わかった。じゃあね」

「たまには晩飯を付き合えよ」

「やめとく」

すげなく断わられた。

仕方なく、向かいのビルの雀荘に行くことにした。おなじみの中華の出前を食うしかない。

ドアを開けると、今日も常連の四人はそろっている。だが、

「あ、いいところに来た」

と、入江のママが言った。

「なんで？」

「理恵社長が急用ができて、会社にもどらなくちゃいけなくなったの。いま、熱木さんに電話しようとしたとこ」

「あ、そう。じゃあ、それ終わったら、おれが替わるよ」

と、理恵社長の後ろに座った。

明日以降に備えて、天津飯《てんしんはん》と餃子《ぎょうざ》を頼む。

「変な依頼が来ちゃったんですよねえ」

と、誰にともなく言った。

「もしかして、昭和がらみ？」

理恵社長が訊いた。

「あ、そうです」

「なんか多いね。やっぱりテレビの影響かな」

「そうかもしれないですね」

と、わたしは言った。

「それで、どんな依頼なの？」

「うん。誰とは言えないんですが、ある人物が昔、小学生だったとき、汲み取り便所に落ちたという噂があるらしいんですよ。それが本当かどうか、調べて欲しいんだそうです」

「そんなの珍しくないよ」

留さんが言った。

「そうですか？」

わたしはそうそうない話だと思っていた。

「いつごろの話だい？」

「昭和三十五年ごろですね」

「だったら、まったく珍しくない。おれの田舎なんか、まだあるぞ」

と、留さんは言った。留さんの田舎は、いちおう京都府なんだけど、日本海側の山奥にある寒村なのだ。

「まだあるんですか？」

「おれんとこは、だいたい電気もなかなか通わなかったところだからな」

そこへナベさんが、

「ぼっとん便所なんか、おれの若いころまで、練馬区にだってあったぞ」

と、言った。

ナベさんは、中《チユン》と白《ハク》をないている。發《ハツ》があるかどうか。理恵社長は一枚、手のうちに持っている。

「え？　都内はないでしょう？」

と、わたしは言った。

「それがあったんだって。おれの友だちは、石神井公園《しやくじいこうえん》から歩いて十数分の南田中ってとこのアパートに下宿してたけど、そこは共同のぼっとん便所だった」

「そうなの」

理恵社長が驚いた。

「そのかわり家賃は安かったよ。あの当時で、四畳半三千円だったから」

「いつのことですか?」

と、わたしは訊いた。

「昭和五十年ごろだよ。さすがに珍しかったけど、別に異様なところに住んでいるとは思わなかったよな。田舎に行けば、普通にあったから」

ナベさんの言葉に、

「そう、そう」

と、ほかの三人もうなずいた。

ちなみにわたしの実家は、東京のすぐ隣、埼玉県の川口市にある。親父は鋳物工場を経営していたが、鋳物が衰退するのと合わせるように、工場の一画で金物屋を始め、そっちをだんだん大きくしていった。わたしが小学校のころは、まだ鋳物工場のほうが大きかったが、大学生のころになると鋳物のほうは金物屋の裏で断われない仕事だけやっていた。

いま、父母は亡くなって、姉が金物屋を継いでやっている。

あの家では、ぼっとん便所に入った記憶はない。ただ、親父が実験的につくった鋳物の洋式トイレを使わされた変な思い出はあるが、これはあまりにも個人的な話だろう。

「そういえば、おれも落ちたやつがいるとは聞いたことがあるな」

と、ナベさんが言った。ナベさんは北海道の室蘭《むろらん》出身だから、当然、小中学校はぼっとん便所だろう。

「やっぱり、いたんですね」

わたしは言った。だんだん野池苗子の話はリアリティを帯びてきた。

「それで、授業の前にもどっていないやつがいると、先生が便所に落ちてないか見て来いとか言ってた覚えがある。それくらい、珍しくない話だったんだ」

「なるほど」

「でも、落ちたら死ぬんじゃないの？」

と、理恵社長がナベさんに訊いた。

「それで溺れたらな」

「いやあだ」

「でも、そこまでは滅多にない。足がつくくらいの深さだったと思うぞ」

「ぼっとん便所じゃなくても、畑の肥溜《こえだ》めに落ちるというのはあったよな」

と、留さんが言った。

「ああ。あったんだよね、昔は。そこらへんの田んぼとかに」

都下出身の理恵社長も言った。

「そんなのはよく聞いた話。北海道はほら、雪で埋まっちゃうから、肥溜めの場所もわからなくなるんだ」

というナベさんの話には、

「そうだろうね」

と、理恵社長以下、皆も納得した。

「汲み取り式のトイレは、農家の肥料使用とも関わるんだよな」

渡海教授の話は、急に学術的になった。

「なるほど」

と、わたしもうなずいた。

「でも、農家が化学肥料を使えば、肥やしはいらなくなる。すると、それを捨てるところの問題も起きたりした。それで、自治体がちゃんとした処理場をつくらざるを得なくなるわけだ」

農家の肥料事情が、トイレのシステムも変えてきたわけである。

「日本トイレ協会のまとめた本を読んだことがあるが……」

と、教授の話はつづく。

「そんな、トイレ協会なんてあるの？」

理恵社長が訊きながら、いきなり發を捨てた。

「うっ」

ナベさんが呻いた。なきたくてもなけなかったらしい。

「あるよ。屎尿《しにょう》下水道協会ってのもある。それで、日本トイレ協会の話では、水洗トイレの普及は学校よりも公団住宅のほうが早いんだよな。日本住宅公団は昭和三十年にできたんだけど、最初から水洗トイレを標準仕様にした。ただ、これは和式で、昭和三十五年からは、洋式が標準仕様になった」

「そうか。団地っ子はそういう意味でも先端だったんだ」

と、理恵社長はうなずいた。

「ところが、全国の小中学校が木造校舎から鉄筋コンクリートの校舎に変わっていったのは、昭和四十年代に入ってからなんだ。もちろん地域差はあるよ。そのときに、学校のトイレの水洗化も進んだってわけ」

「とすると、昭和三十五年ごろ、田舎の小学校でぼっとん便所に落ちた話は不思議でもなんでもないわけですね」

と、わたしは言った。

あとは、地元の連中から具体的な話を訊けばいいだけである。

「でも、そういうことがあると、小学校にいるあいだじゅう、ずうっと言われただろうね。あたしの同級生で、一年生のとき、授業中おしっこ洩らした子は、小学校にいるあいだじゅう言われてたよ」

と、理恵社長が言った。

「なるほど」

それにも納得である。であれば、野池苗子の同級生を当たれば、必ずその話は出て来るだろう。

天津飯と餃子が到着し、わたしはさっそく食べ始めた。

「こんな話してるとき、よく食べられるね」

理恵社長が言った。

「そんなもん、なんともない」

と、わたしは餃子を口にした。だいたい、日本人は潔癖症が過ぎるのだ。

「でも、汲み取り式じゃなくなっても、昔のトイレって怖かったよね」

と、入江のママが言った。

「うん、怖かったですね……」

わたしも思い出して言った。

「祖父母の家は、埼玉と言っても群馬県に近い田舎だったんけど、そこは便所が家の外にあったんですよ。爺《じい》さんだけは尿瓶《しびん》を使ってたけど、おれたちは夜でもそこへ行くわけ。電気も来てなくて、懐中電灯を持って行くんだ。もちろんぼっとん便所ですよ」

「昔はトイレの電気も薄暗かったんだよねえ」

入江のママは肩をすくめた。

「ああ、トイレは暗かったですね。いまは、ほかの部屋と明かりが変わりませんからね」

わたしがそう言うと、

「だって、いまはトイレが一人になれる快適な空間なんだよ。なかでご飯食べる人だっているんだから」

と、理恵社長は言った。

「ほんとに？」

「ほんとだって。うちの社員にもいたんだから。そいつは辞めちゃったけど」

「そうそう。社長、おつりって知ってる？」

と、ナベさんが訊いた。

「なに、それ」

「はね返りが来るんだ。たまっていたやつの。ほんとに一滴くらいなんだけど、下から上がって来て、ぺちゃって尻に当たるの」

「やあだあ。きったない」

「でも、日本人はもう、ああいうトイレを知らずに、一生を終える人だらけになっていくのかね」

と、ナベさんはやけに感慨深げに言った。

「それはいいことなのかねえ」

と、理恵社長も賛同したようにうなずきながら、いま引いた發を捨てた。

「ロン。大三元！」

ナベさんが喜んで牌を倒した。

3

翌日——。

わたしはF県K市にやって来た。その市外にある熊の森地区に、野池苗子の出た小学校がある。

駅前からはタクシーに乗った。

けっこう遠い。大きな川を渡り、その川沿いの道を進む。

遠くに見えていた山がどんどん横に近づいて来た。落葉樹が多そうな山で、紅葉時はさぞかしきれいなことだろう。

「このあたりが熊の森地区になります」

運転手が言った。

畑と田んぼばかりのわりには、大きな工場や立派な施設が目立つ。

いま、通り過ぎたばかりの建物を見ながら、

「たいした建物だねえ。体育館かい？」

「そうですね」

「オリンピックだってやれそうじゃないの」

「ま、このへんは野池さんの城下町ですからね」

運転手の口調は自慢げである。

「そんなに地元に尽くしてるんだ？」

「そりゃあ、もう。ここらじゃ野池さんの悪口をいう人はいませんよ」

そういう運転手も、さん付けである。

「もともとここらは、たいした産業もない、名産品もない。冬には皆、都会に出稼ぎに出ていたような土地ですよ。それが、野池さんが議員になった途端、工場が二つできましたからね。それで、集団就職と出稼ぎがなくなりました」

野池苗子は、東大を出るとまず、市会議員に立候補して当選し、それから県会議員と一期ずつやって、衆議院議員になった。叩き上げの政治家一直線なのだ。

「なるほど。でも、選挙のときは対抗馬くらいは出るんじゃないの？」

「いやあ、この二十年はほとんど出てませんね」

「そうなの？」

「そりゃあ、共産党は出しますよ。でも、入れた人の名前がわかるくらいしか、票は入らないですから」

「そうなんだ」

道の両脇にいくつか店が現《あら》われた。この地区の中心部らしい。

「どのへんで止めます？」

「ええと、熊の森小学校は？」

「あ、そこを山のほうに入ったところです」

「じゃあ、ここで下ろして」

タクシー代が七千円にもなった。

山のふもとに熊の森小学校が見えている。緑の屋根に黄色っぽい壁。ドームみたいなものもある。

生徒数は少なそうだが、それでも立派な建物である。おそらく名のある建築家の設計ではないか。教えられなかったら美術館と間違えたかもしれない。

小学校に向かう前に周囲を歩いてみることにした。

ガソリンスタンド。そのわきにコンビニ。けっこう大きなコンビニで、このあたりの人はスーパーの代わりにもなっているのではないか。

和菓子屋はずいぶん寂《さ》びれて見えるが、いちおう営業はしているらしい。

町の噂が集まるのは、スナックか、床屋か。いまは十一時半。まだスナックは開いてないだろう。

床屋があった。入ってみようかと近づくと、

「パンチパーマできます」

るという、ぼろぼろの貼り紙があったので、入るのはやめにした。パンチパーマを断わると、ちょん髷《まげ》にでもされそうである。

大きな駐車場が現われ、建物の看板には、〈カフェ・スナック・レストラン聚楽亭《じゅらくてい》〉と、あった。外食の殿堂といった趣《おもむ》きである。上野にあった〈聚楽台〉ののれん分けかもしれない。

スナックもやっているのに、この時間から開いているのは凄い。

恐る恐るドアを開け、なかに入った。

ファミレスふうのテーブルと椅子が並び、厨房《ちゅうぼう》の手前にはカウンターもある。そのカウンターの色だけが赤なのは、ちょっと不気味である。

窓際に作業員ふうの四人連れがいるだけで、ほかに客はいない。わたしは不気味な感じがするカウンター席に座った。

「いらっしゃい」

女性が厨房から声をかけてきた。

歳のころは四十前後か。金髪のショートヘア。見るからに元ヤン、いや、いまも現役かもしれない。

少し早いが昼飯にすることにした。

メニューはいろいろ並んでいるが、じつはラーメン、うどん、カレーライスの三つだけである。

それにトッピングでいくらかバラエティがついている。

「ネギラーメンとネギうどんはあるけど、ネギカレーはないんだね？」

と、わたしはからかい半分に訊いた。

「それは裏メニューなの。つくる？」

「やめとく」

ネギラーメンにした。運転手が名産品はないと言ったけど、ネギはうまい気がする。

「お客さん、ここらの人じゃないよね」

麵を茹《ゆ》でながら、元ヤンの店員が訊いた。

「うん。東京から」

「東京からなにしに？」

田舎の人は率直なものの訊《たず》ねようである。

「選挙が近いじゃない？　取材でね」

「週刊誌かなんか？」

「そんなもん。ここらは野池さんの城下町だよね？」

「そうだよ」

ネギラーメンができ、カウンターの上に置かれた。

「野池さんの面白い話はないかね？」

麺を一口。なかなかうまい。ネギもしゃきしゃきしていい感じ。予想より遥《はる》かにうまい。

「面白い話？」

「野池さん、元ヤンだったとか」

「あ、お客さん、あたしを元ヤンだと思ったんでしょ？」

「いや、まあ、思った」

と言って、わたしは人懐っこそうに見えるはずの笑いを浮かべた。

「あたし、違うよ。ヤンキーなんかしてたことないよ」

「そうなの？　平均時速百二十キロくらいに見えるけど」

「やあね。五年前まで看護師してたのよ。父親が倒れたんで、もどって手伝ってるんだから。金髪は営業用。ここはダンプの運転手さんと工事関係者が多いから。あの人たち、黒より金色のほうが好きでしょ」

「そうなんだ」

「野池さんだって元ヤンのわけないじゃない。あの人、子どものときから地元で有名な秀才で、県でいちばんのF高校から東大に行ったのよ。どこでヤンキーなんかやる暇あるのよ？」

「そうか」

「ここらで野池さんの悪い話を聞き出そうとしても無駄よ。だいいち、そういうのはまったくないしね」

元看護師のオーナーの娘は、そう言うと、もう話さないとでもいうように、厨房の奥に入ってしまった。

4

聚楽亭を出て、畦道《あぜみち》を無理に舗装したみたいな道を、熊の森小学校に近づいて行った。運動場では、体育の授業が行われている。けっこう背の伸びたのもいて、五年生か六年生だろう。

十人ちょっとの児童が、サッカーをしているが、これが一クラスなのか、一学年なのか。たぶん一クラスで十人と少しというのはつくらない気がする。これで一学年全員なのではないか。

運動場の隅のほうで、草むしりをしている男がいる。おそらく用務員ではないかと思い、わたしは近づいてみた。

「この学校の方ですか？」

「ああ。ここの用務員だけど？」

立ち上がると、わたしより十センチくらい背が高かった。顔もごつく、ずいぶん睨みの利く用務員である。

「じつは昔、この近所に住んでましてね」

「あ、そうなの？　どこに？」

「いや、向こうの親戚ん家《ち》。母親が離婚して、一時期、祖父母のところにいたんでね」

適当な嘘をついた。

さっきはマスコミ関係者。いまは元住人。しまいに衆議院議員になってしまいそう。

「あ、そうなの」

「この小学校に入るはずだったけど、その直前で東京に引っ越したんでね。でも、すごく懐かしいですよ」

「へえ。おれはこの小学校を出て、それから役場に勤めて、この小学校の用務員になって四十年かな。ほんとは四年前に定年だったけど、まだ働かせてもらってるよ」

「じゃあ、野池苗子さんの先輩なんだ」

「あれは、おれが六年のときの一年生だよ」

急に誇らしげな顔になった。

「当時の野池さんを覚えてます？」

「忘れられるかよ。可愛い一年生でな」

「ふつう、六年生のときの一年生って覚えてますかね？」

わたしはちょっと懐疑的になって言った。思い出をあとから美化することは多いのである。探偵をしていると、その手の話にはけっこう出会うのだ。

「そりゃあ、あのころだって生徒の数はそんなに多くないもの。一年生から六年生まで入れて百人ちょっとしかいなかった。いまはその三分の一になっちまったよ」

「じゃあ、いま、体育やってるのは？」

「あれは、五、六年生全員だ。過疎のうえ、子どもが少ないからな」

「野池さん、目立ったんでしょうね」

「いまだってきれいだろ。子どものころなんかピカピカしてたよ」

野池の家は、川崎で軍需工場を経営していた。だが、爆撃で工場はやられ、一家はここに疎開して来て、そのまま居ついたのだった。

——この男なら知っているのではないか……。

わたしはできるだけさりげなく、悪意をまったく感じられないよう気をつけて、

「なんか、便所に落ちたことがあるって聞きましたけど？」

と、訊いた。

すると、いきなり用務員の顔が強張《こわば》ったようになった。

「そんな話は嘘だ！」

激しい口調である。

「でも……」

「誰に訊いた？」

「誰かは忘れたけど」

「選挙の妨害をしようとして、そういうくだらねえデマを言うやつがいる。だいた

い、ここは水洗になったのが早かったんだから、落ちるわけがねえ」

「そうなんですね」

と、わたしは言ったが、たぶん嘘だろう。当時、こんな辺鄙なところまで、下水道が来ていたわけがない。

「くだらねえこと言ってると、おめえを下水道にぶち込むぞ」

用務員はそう言って、校庭のなかへ去って行った。

5

あの怒りようはただごとではない。

やはり、じっさい野池苗子は便所に落ちたのだと、わたしは確信した。

だが、それを証明しなければならない。

わたしはいろいろ考えるうち、小学校のとき、卒業時にはかならず文集をつくるものだよな、と思い至った。よく犯罪を犯した者の小学校のときの文集が紹介されたりする。視聴者は、こんな子がなぜ、こんなひどい犯罪をとか思うのだろう。

だが、あの文集にはけっこうマヌケなことも書かれてあったりするのだ。お調子者の誰かが、それらしいことを書き残したりしているかもしれない。

わたしは熊の森小学校に電話をしてみた。

「もしもし。わたし、東京のテレビ局の者ですが、野池苗子さんの小学校卒業時の文集が見たいのですが、そちらに行くと見せてもらえますかね？」

電話口に出た女性は、しばらく誰かに相談とかしていたようだが、

「ここにもありますが、小学校の隣にある図書館にも置いてありますよ」

「そうですか。では、そのうち訪ねてみます」

そのうちとは言ったが、すぐ訪ねることにした。

ドームがあるのは図書館のほうだった。

ここも過疎地区には似つかわしくない、立派な建物である。

なんと、入ってすぐのところに野池苗子のコーナーができていて、野池の十冊近い著書や新聞記事のスクラップ、表彰状のレプリカなどが宝物のように並べられていた。そのなかに、卒業文集もある。ていねいにビニールコーティングがなされ、「汚さずに読みましょう」と注意書きもしてある。明らかにコピーなのに。

野池苗子の文章は、いちばん最初に書いてあった。

当時だから、ガリ版印刷である。ガリ版印刷など、いまの子たちは見たこともない

だろう。

野池自身のきれいな字で書かれている。

「わたしは将来、日本で最初の女性総理大臣になりたいと思います。児童会の会長をしてから、とくに強くそう思いました。わたしは、皆のために一生懸命働くことが大好きなのです。これは気取って言うのではありません。偽りのない、正直な気持ちです。

そして、日本から貧しい人をなくし、皆が幸せに生きられる社会にしたいです。また、世界中の国々と仲良くしたいです。そのためには、英語はもちろん、中国語、ロシア語、アラビア語くらいは、ぺらぺら話せるようになっておきたいです」

文章はこれだけで、下のほうに、ウサギの絵が描いてあり、「皆で飼ったうさ丸くん」と説明も入っていた。

これを読んだだけでも、素直にたいしたものだと思うのである。これから五十年近く経ち、いまや、この地位が手の届くところまで来ているのだ。

もっとも、わたしも小学校の卒業文集に、

「将来はパイロットになりたい」

と書き、一時はその夢もかなえたのである。

ただ、じっさいに空を飛んでいたのはほんの三年間だけ。まさか、そのあと探偵になるとは、小学校のころは夢想だにしなかった。

地に落ちた龍とはわたしのことである。

ま、わたしのことはともかく、ほかの子どもの文章にも目を通してみた。

プロ野球の選手になりたいという男の子が二人。いまなら出て来るサッカー選手はいない。東京に出て立派な会社の会社員になりたいというのが三人。親の跡を継いで、親を楽させてあげたいという親孝行な子ども五、六人ほどいた。親の跡を継ぎたいという子は、いまはたぶんクラスに一人もいないのではないか。

一人だけ、便所について触れている子がいて、

「将来は団地に住み、毎日、水洗式の便所を使うような暮らしがしたいです」

と、書かれてあった。

考えてみれば、当然、先生のチェックが入っているわけで、野池苗子が便所に落ちたなどということをたとえ書いても載せるわけがないのだった。

6

それから川原に出て、公園のように整備されたあたりで夕景色を眺めたりして時間をつぶし、暗くなってからもう一度、聚楽亭に来てみた。

わたしがなかに入ると、カウンターにいた四人がじろりとわたしを見て、互いに小さくうなずき合った。さらに厨房の金髪の元看護師にもなにか小声で言ったようだった。

窓際の席には、男同士の三人連れ。そいつらも、カウンターの連中に片目をつむってみせた。

ものすごく嫌な雰囲気である。

厨房から金髪の元看護師が来て、

「なによ？」

と訊いた。客に訊ねる言葉ではない。

「帰る前にもう一度、あのラーメンを食おうと思ったんだよ。うまかったから」

「じゃあ、ネギラーメンね？」

「あ、いや。チャーシューメンとチャーハンにして」

元看護師が厨房に引き返すと、わたしはすぐに事務所に電話をした。誰もいないのはわかっている。

「うん、そう。いまはK市の熊の森というところなんだ。そう。聚楽亭というレストランにいるよ。うん。またあとで電話する」

留守番電話に向けて、まるで相手がいるみたいにわたしはしゃべった。聚楽亭という名前は、このなかの人間にもはっきり聞こえるように言った。

これで、わたしになにかあったとき、聚楽亭にいるときまでは生きていたとわかるのである。さらに、店のなかの人間も写るように写真を一枚撮り、これも事務所に送信した。

元看護師が、でき上がった飯をお盆に載せて持って来た。

「はい」

「ありがとう。ほんとにここのラーメンはうまかったよ」

「あら、そう」

わたしはまずラーメンを箸ですくい、口に入れた。

――ん？

まだメンに芯が残っている。

それからレンゲでチャーハンを一口。これはやけに塩辛い。

「用務員さんにくだらないことを訊いたんだって？」

元看護師がわきに立ったままで訊いた。

「図書館にも行って、野池さんのことを調べてたそうじゃないの？」

「え……」

「…………」

もう話が回ってるのだ。

「うちは、野池さんの後援会なのよ」

「だからといって、食いものまでまずくすることはないだろう」

「もともとそんなものなの」

わたしはチャーシューだけを食べ、チャーハンをラーメンの汁で塩分を落とすようにして二口三口食べ、勘定をテーブルに置いて立ち上がった。

すると、窓際にいた三人連れも目配せをして立ち上がった。

——なんだよ、おい。

身の危険を感じた。殺そうとまではしなくても、髪の毛くらいはむしられたりするかもしれない。この歳になると、たとえ一本でも無駄にしたくない。とくにてっぺんあたりは。

わたしはいちおう柔道二段であるが、大の男三人を相手に勝つ自信はない。

そっと上着のポケットに手を入れた。拳銃はないが、こういうときのためちょっとした武器は持ち歩いている。摑んだのはボールペン。見た目はなんということはないが、頭のところを引っ張ると、四十センチほどのステンレスの鞭になる。これで顔を叩いてやれば、痛みでひっくり返る。

だが、そこまでやることもないだろう。ここは穏便に収めたほうが、お互いのためなのである。

元看護師に、

「タクシー呼んでくれない？」

と、声をかけた。

「そこに番号が書いてあるでしょ」

レジの横を指差した。

わたしはタクシーを呼び、店の前に止めてもらい、さっさとこの城下町から退散することにした。

7

夜遅く、東京にもどった。

翌日は、朝から依頼人が来たり、毎年やっている某企業の新入社員の調査のことで呼び出されたりして、けっこう忙しかった。午後から、メールで葉亜杜を呼び出し、電話の調査を手伝ってもらっているうち、夜になった。

「雀荘で中華屋から晩飯とるけど食ってくか？」

葉亜杜に訊くと、

「だったら食ってく」

とうなずいた。二人きりで食べるのは気が進まないが、こういうのは飯代の節約になるのでいいらしい。

雀のお宿に行き、わたしは麻婆豆腐《マーボどうふ》丼、葉亜杜は五目ラーメンを頼んだ。

常連の卓の横で食べ始め、葉亜杜が食べ終わるのを待っていたみたいに、

「あ、そうそう、熱木さん。一昨日の話が気になって調べてみたんだけど、昭和のころの下水道の事情はひどいものだったよ」

と、教授はポケットからスマホを出し、

「下水道の全国の普及率は、昭和四十年ではまだ八パーセントだ」

「たったそれだけ？」

「平成間近の昭和六十年でさえ、三十六パーセントだった」

「そうなんですね」

日本の下水道事情はずいぶん立ち遅れていたのだ。

葉亜杜が捷平に、

「今度、試合があるとき教えて。応援に行くから」

と、調子のいいことを言って帰ると、

「それでな、列車のトイレもひどかったんだ」

話はさらに汚くなった。

「ぼっとん便所だったんですか？」

「そういうときもあった。おれたちのころは、いったん列車の下のタンクに貯め込むが、それを液状にして走りながら線路内に垂れ流していた」

「そうなんですか？」

「そうだよ。それで、鉄橋とか、列車がすれ違ったときとかは、それが霧になって窓のほうにまで吹き上がるんだ。おれたちはそんなことも知らずに、鉄橋を渡るときなんか、気持ちいいってわざわざ窓を開けたりしてたからな」

「やあだあ」

と、理恵社長が顔をしかめた。

「やだじゃないよ。さすがにこれは不衛生だって騒ぎ出し、列車のトイレの改良が法律で決まったのは、昭和四十年のことだ」

「だったら、あたし、七、八歳くらいまでかぶってる」

「そういえば、線路際の家の子はよく育つ。なぜなら、毎日、肥やしをかけられてるからとか言ってたよな」

と、留さんが言った。

「よく育ったかどうかはともかく、肥やしがかかっていたのはまぎれもない真実だよ」

教授が重々しくうなずいた。

「そういえば、おれも思い出したけど、水洗になる前は、トイレットペーパーだってひどかったぞ。ちり紙が置いてあるのなんてまだましで、新聞紙を切ったやつを置いてたりしたんだから」

と、ナベさんが言った。

「ええっ。新聞紙で拭いたんですか？」

捷平が唖然《あぜん》とした。

「そうだよ」

「あんな硬いので？　字も書いてあるのに？」

「ああ。だから、昔の人間の尻は丈夫だし、尻で字も読めるんだ」

ナベさんの冗談に、理恵社長が噴いた。

「でも、あのころの新聞紙は、八百屋とか焼き芋屋の包装紙にもなったし、尻も拭いたし、いろいろ需要があったんだな」

「ああ、あった、あった」

「寒いときは、あれを服の下に入れるとあったかかったよな」

「新聞が売れなくなるわけか」

雀卓の話題は、便所から新聞にずれていった。

8

わたしは雀荘を出ると、葉亜杜と別れ、一人でゴールデン街に向かった。どうしても、〈リフレイン〉がもどっていることを期待してしまうが、今日もロープが張られたままである。ほかの店が入らないということは、十文字真紀にもどる気があるからではないか。

仕方なく〈遠い昭和〉のドアを開けると、カウンターのなかから、

「見たわよ、テレビ」

と、遠井のママが言った。

「見たって、なに？」

「ほら、『昭和探偵』。アグネスのやつ」

この前はなにも言わなかった。いまごろになってビデオでも見たのか。どうもこのママは、上の空のところがある。

今日は奥に若い女性の二人づれ。こんな名前の店には似つかわしくないが、もしかしたらぎりぎり昭和生まれなのかもしれない。

いつものジンライムを頼み、一口飲んでため息をついた。

「なに？　疲れてる？」

遠井のママが訊いた。

「うん。面倒な仕事でね」

「あら、そう。相談に乗ってやってもいいよ」

「うん。でも、ちょっと汚い話なんでね」

「平気だよ」

そう言ってママは、音楽の音をちょっと大きくした。

天地真理《あまちまり》の歌。天地真理はいま、老人ホームにいるという話を聞いて、わたしはかなり衝撃を受けたものである。子どものころ、なんて可愛いお姉さんだろうと、憧れを抱いたほどだった。

わたしは少し声を落とし、

「遠井のママの出身は？」

と、訊いた。

「博多《はかた》」

「九州か。トイレはいつ、水洗になった？」

「学校は中学のときかな。家は遅かったよ。高校のときまでまだ汲み取り式だったもの」

「そうだよね。じつは、ある有名人に小学校の汲み取り便所に落ちたって噂があって、その真偽を確かめてくれという依頼が来たんだよ」

「へえ。面白い依頼ね。『昭和探偵』を見て？」

「それはなにも言ってなかった」

「でも、そうだよ。いかにも昭和の話じゃない」

「まあね」

「でも、その小学校のある町に訊きに行ったんだけど、誰もしゃべらないわけ。しかも、変なことを調べると、身の危険まで感じるくらいなんだ」

「そうなの」

と、遠井のママはうなずき、ちょっと考えて、

「その有名人て、芸能人じゃないわね」

と、言った。

「なんで？」

「だって、芸能人だったら、探偵なんか頼まないよ。マスコミの記者たちが自分で動くでしょうが」

「なるほど」

「自分で動けないってことは……政治家か。熱木さんに頼んだのは対抗馬か。もうすぐ選挙が近いという噂だしね」

「まいったな」

たいした洞察力である。だが、理詰めで考えると、そこへ行きつくかもしれない。

「あいつか？」

遠井のママは人差し指を振るようにした。

「え？」

「男の政治家が便所に落ちたからって、別にイメージダウンにはならないよね。でも、清潔で知的なところを売り物にしてる女性政治家だったら……野がつく人じゃないの？」

「…………」

うんとは言えない。

「ま、特定はしないってことでね」

と、遠井のママは片目をつむった。

「それで頼むよ」

「地元の人、つまり選挙区の民がしゃべらないんだ」

「固いよ。たいした団結力だよ」

「そうか。あの人の城下町だったらそうだろうね。ははあ。いいこと思いついた」

遠井のママは人差し指を上に向けて立てた。

「なに？」

立てた人差し指をくるくる回しながら、

「だったら、自分でしゃべらせればいいんじゃない？」

と、遠井のママは意外なことを言った。

「自分で？」

「そう。だいたいあの人は、お高く思わせるところがあるから、それで損してるはずなの。女性にはあんまり人気ないでしょ。だから、自分で失敗談を話して、ざっくばらんなところを見せたりしたら、人気が上がるって持ちかけるの。それでしゃべらせた話の内容を依頼人に伝えればいいんじゃないの？」

「へえ。二重スパイみたいな話だね」

「政治家相手だもの。そういう技も使わないと」

「なるほど」

「秘書に伝手《つて》は？」

「ないね」

「でも、熱木さんならなんとかしちゃうよね。やり手の探偵だから」

「名探偵って言ってくれる？」

と、わたしは気取って言った。

十文字真紀はそう言ったものだった。「あたしの名探偵」と。

9

翌日、結局、わたしは友人のプロデューサーである山崎に電話をした。山崎は、選挙特番もやっていたことを思い出したのだ。

「いま、野池苗子について調べてるんだけどな」

「へえ。政治家を探ってるのか？」

「詳しい話は言えないんだけどな、野池は選挙に強いんだろう？」

「強いなんてもんじゃない。ずうっと、あの選挙区では圧勝がつづいている。対抗馬も共産党が出るくらいで、野党も候補を立てないんだ」

「そうか、共産党員を探す手もあるか」

「いや、ほとんど名乗り出ないと思うぞ。あのあたりじゃ非合法活動扱いされてるから」

いくらなんでも、それは冗談と思いたい。

「公明党はいるだろう？」

「少しはいるだろうけど、候補者は立ててないぞ。とにかく、がちがちの野池苗子の城下町だからな」

「そうなんだ」

やはり地元で訊き出すのは難しそうである。となれば、遠井のママの策しかない。

「山崎は野池苗子の秘書を知らない？」

「知ってるよ」

「紹介してくれないか？」

「ああ、いいよ。ちょうどいいのがいる。大学の後輩」

「そりゃあいい」

うちの大学の卒業生は、同門というだけで変な仲間意識を持つ人間が多いのだ。

「裏ネタ好きで、策士に憧れてる。尊敬するのが竹中半兵衛《たけなかはんべえ》と黒田官兵衛《くろだかんべえ》」

「秀吉《ひでよし》の参謀か」

そういうやつだと、話の持って行きようでどうにかなるかもしれない。

「お前のことも裏ネタふうに話しといてやるよ。じゃあな」

裏ネタふうってなんだよと思いながら電話を切った。

三十分ほどしたらさっそく電話がかかって来て、その日のうちに永田町の議員会館を訪ねることになった。

名刺をもらうと、なんと第一秘書ではないか。

「どうも初めまして。後藤《ごとう》です」

五年くらい後輩らしいが、わたしより年上に見える。長髪を無造作にオールバックにしているのは、ぜったい五木寛之《いつきひろゆき》の真似《まね》だろう。もちろん五木寛之みたいにさまになってはいない。後藤もスーツなのにネクタイはしていない。ただ、靴のかかとは擦り減っていない。

「忙しいのに申し訳ない」

と、わたしは頭を下げた。

「いえいえ。山崎さんから聞きましたよ。熱木さん、パイロットだったって」

「うん、そう」

「うちの大学からは珍しいですよね？」

「いや、何人かいたよ」

もちろん航空大学を出ている人間が多いが、わたしのようにふつうの大学を出て、会社のパイロット養成コースを受ける人間もいる。

「何年くらい飛んでいたんですか？」

「三年だけだよ。副操縦士の下で終わり」

「お兄さんもパイロットだったとか？」

「そうなんだよ」

「あの事故で亡くなったんだそうですね」

あの事故というのは、日本航空史上最悪の、あの墜落事故である。

「そこまでしゃべった？」

「ええ。別に秘密にはしてないと言ってましたけど？」

急にまずかったかという顔になった。

「してないよ、秘密には」

さぞかし裏ネタふうにしゃべったのだろう。

「ああ、よかった。それで、熱木さん、その件でいろいろ調べるうち、地上勤務になり、あげくには探偵になったとか」

「そうなんだけど」

そこまではしゃべり過ぎだろう。

「野池のほうでできることがあったら、なんでも言ってください。できるだけのことはしますから」

「それはどうも。ところで、ちょっと微妙な話になるんだけどさ」

と、わたしは切り出した。

「ええ」

「じつは他の陣営の秘書だと思うんだけど、野池さんが小学校一年生のとき、学校の汲み取り便所に落ちたという噂があるが、真偽のほどを調べてくれという依頼が来ましてね」

「ああ。どの陣営かは察しがつきます」

と、後藤は顔をしかめた。

地元では候補者を立てられないくらいだから、たぶん総理候補のライバルあたりなのだろう。

「それでいま調べてる最中なんだけど、たぶんこういうのはわかっちゃうよね」

と、わたしはハッタリをかました。

「そういうふうにポイントを絞られると、しゃべっちゃうやつもいるでしょうね」

後藤は事実だと認めてしまった。

「それを絵にでも描かれたりして撒《ま》かれたら、野池さんのクリーンなイメージに傷はつくよね」

「それで？」

後藤は不安げに訊いた。

「おれは確証を得ちゃったら、これを依頼人に話さないといけない」

「困りますなあ」

「でもだよ。これを野池さんのほうからあっけらかんと表に出してしまえば、逆に野池さんの好感度はアップすると思わない？」

「なるほど」

と、後藤は膝を打ち、

「確かに野池は中高年の女性に、いまいち支持されてないんですよ。たぶん、それは完璧すぎる、親しみやすさがないってところだと思うんですよ」

「そうだろうね」

「ちょっと待ってください。いま、当人の意向を訊いて来ますから」

後藤はそう言って、奥の部屋に入った。

まさか、当人がいるのかと、わたしは緊張した。

五分ほど待っただろうか。

「こんにちは」

と、明るい声で野池苗子が入って来た。さんざんテレビで見てきた顔がすぐ前にあった。テレビで見るよりも若々しいし、淡いオレンジ色のスーツも不思議と似合っている。

「後藤から聞いた。ほんと、探偵さんの言うとおりね。なまじ隠すと、かえって汚らしい。でも、昭和の話だからね」

ざっくばらんな口調で言った。

「そうです。昭和の話ですよ」

「あたしが熊の森小学校の一年生だったときよ。まだ入学したばかりの五月ごろだったかな。おしっこしたくて、トイレに駆け込んだのだけど、つるっと足を滑らせたのね。落ちるとき悲鳴を上げたし、下はそんなに深くなかったので、幸いすぐに助け上げてもらったけど」

「そうでしたか」

「いま、あの小学校で用務員をしている鬼塚《おにづか》さんていう人が、六年生にいてね、彼が、おらが助けるって梯子で下まで降りて来てくれて、それであたしを抱き上げ、助けてくれたのよ」

「そうなんですか！」

これにはわたしも驚いた。

「彼はあの学校のガキ大将でね。ふつう、ああいうことがあると皆にからかわれたり、苛《いじ》められたりするわよね。でも、彼は誰にも言わないでくれたし、ちょっと洩れ聞いた子がなんか言おうとしたら、しゃべったらただじゃすまねえぞとか脅してくれたの。あの話を知らない同級生がいるのも、鬼塚くんのおかげ」

だから鬼塚は、定年も過ぎたのに、ああして用務員をやっていられるのだった。

10

それから数日経《た》ち、後藤から「もう、話してくれていい」と連絡が来たので、わたしは依頼人に電話をした。こちらから行くと言ったが、「それはいい」と、事務所にやって来た。

「本当のことでしたよ」

と、わたしは開口一番に言った。

「やっぱり、そうか」

「熊の森小学校の一年生のときです。季節は五月。入学して、ちょっと学校に慣れてきたころだったそうです。担任の馬場《ばば》先生と用務員のおじさんが駆けつけて来て、梯子を下ろしてくれて、それを上れと。でも、梯子なんか上ったことがないので愚図愚図していたところ、六年生のガキ大将だった鬼塚くんが下りて来て、抱っこされて上にもどったそうです」

わたしは野池苗子当人からさらに細かく聞いた話を、依頼人に伝えた。これだけ具体的な話になれば、真実ということは明らかだろう。

「ただ、誰が言ったかはないしょにしてもらいたいのですが」

「もちろんさ」

「当時の同級生にも知らない人がいるくらいです。知っている人たちも、野池をかばって、あの人たちには公然の秘密になってますよ」

「そうか。いやあ、助かった。こういう依頼のことも、わたしのことも、くれぐれも秘密に」

と、依頼人は言った。

「この話、どうするんです？」

わたしはしらばくれて訊いた。

「うん、まあ、それはね」

と、依頼人は返事を濁した。どうせ選挙のときに、なにか仕組むつもりだろう。

「これは約束どおり。領収書は合計で書いてね」

と、経費に加えて、謝礼二十万円。政治家はこういう金の使い方をするから、賄賂が必要になるのだ。


それから十日ほどしたころである。

野池苗子はなんとテレビの人気番組〈鉄子《てつこ》の居間〉に出演していた。山崎の局なので、あいつも動いたことは間違いない。スポンサーとも話をつけ、急遽《きゅうきょ》、野池の回を入れたのだろう。

野池がこの番組に出演するのは二度目だったらしく、

「今日は野池苗子さんの意外な顔もお目にかけます」

などと、冒頭で振っていた。

最初は昭和の思い出などを話していたが、

「じつは、あたし、小学校んとき、トイレに落っこちたことがあるのよ」

と、始まった。

「まあ、あなた、落ちたの？　学校のトイレに？」

鉄子はリハーサルで聞いていたくせに、大げさに目を瞠《みは》った。

「そう。おっちょこちょいだったのね。溲れそうになって駆け込んだから、足を踏み外して」

「まあ」

「もちろん、あのころだもの、汲み取りよ」

「凄いことになったのね」

「そうよ。でもね、ガキ大将だった鬼塚くんていう子が……」

鬼塚はいまごろ、泣いて喜んでいるだろう。

「でも、そんな体験してるから、どんなものでも平気。いまだって、犬の散歩させてるとき、ほかの犬の落とし物でも拾って片づけてるわよ」

こういう美談をさりげなく言うのである。

「そうよねえ。あのころの小学校は、ぼっとん便所だったわよねえ」

「そう。あたしたち昭和っ子は、そうやって育ってきたんだから」

「たくましいわけよね」

「当たり前よ」

これで野池苗子の支持率は、視聴率分は上乗せできるだろう。

「あ、そうそう。それでそのときね、助け上げてもらってから、馬場先生、あたし……って言ったの」

「あら、なに？」

「馬場先生はなんだ、落とし物でもしたか？　って訊いたわよ。それで、あたしね、先生、まだ、おしっこしてません」

これには鉄子もひっくり返って笑った。

政治家の話術というのは、たいしたものだった。


とある会社に中途採用予定の人物の身上調査を報告すると、わたしは葉亜杜にも本日の業務終了を告げ、早めにゴールデン街の〈遠い昭和〉に向かうことにした。最近、ときどきあそこの焼きうどんが無性に食いたくなるのだ。

「じゃあ、お先に」

そう言って出ようとすると、

「ねえ、パパ」

と、葉亜杜が呼んだ。

「なんだ？」

「パパ、ゴールデン街って行ったことある？」

「え」

顔が引きつった。あそこに出入りしていることは、誰にも言っていない。

「昔からあるんでしょ？　パパなら行ってるかなと思って」

「たまにな。なんで、ゴールデン街なんだ？」

「あそこ、昭和文学の研究やる者には、ぜったい行くべきところなんだよね。五木寛之の『青春の門』にも出て来るし、野坂昭如《あきゆき》や田中小実昌《こみまさ》なんかがたむろしたんでしょ。いまは無くなっちゃったけど、井伏鱒二や太宰治が通った新宿東口の高野の横にあったハモニカ横町。それから銀座のクラブやバー。そして、ゴールデン街と、この三つよ。一人で行ってみようかな」

「馬鹿、やめろ」

わたしは慌てて止めた。

「どうして？」

「あそこは危ない。若い女の子が一人で行くようなところじゃない。つい、このあいだまで、青線地帯としてまだ機能してたんだぞ。お前なんかたちまち、酔っ払いややくざの餌食だ」

「ひどい」

「だいたい、お前はまだ二十歳になってないだろうが」

「ふふっ」

酒なんかとっくに飲んでるという顔である。

「二十歳になったら、パパが安心して飲める店に連れてってやるから、それまではぜったい出入りするなよ」

「…………」

葉亜杜は返事もせず、事務所から出て行った。

どうせ親がするなということは、するのである。わたしだってそうだった。

思いがけない話に今日はすっかりゴールデン街に行く気がなくなり、〈雀のお宿〉でいつもの中華料理を食うことにした。

＊　　＊　　＊

あたしは村田が録画してきた〈鉄子の居間〉を、店のブラウン管のテレビで見終えた。

野池の巧みな話術に思わず何度も笑ってしまった。

失敗談だけでなく、昭和のあれもあったこれもあったという話も盛り込み、汚い印象を上手に消してしまっていた。

「これは、同年代の女性の共感を得るだろうね」

と、あたしは言った。

「そうですね」

村田がうなずき、

「いよいよ総理ですかね」

と、田村が言った。

「野池は上のほうの受けはどうなの？」

と、あたしは訊いた。

「そりゃ、悪くはないでしょう。にこやかにしてますが、バリバリの右派ですしね」

と、田村が言った。

「そうなんだ」

「こんな女が上司だったら恐《こわ》いよな」

村田が本気の顔で言った。

「でも、あの探偵もまんざらじゃないわね」

と、あたしは言った。熱木地塩。調べてもらったら、元パイロットだったらしい。

兄貴もパイロットだったが、例のジャンボ機に乗っていて墜落死した。弟はそれを調べるうちに会社の調査部に回され、あげくに探偵になってしまったという。なかなか面白い経歴ではないか。今日あたり来るような気がしたが、まだ来ていない。熱木はちゃんと野池苗子の秘書に接触し、うまく丸め込んだのだろう。なかなかやれることではない。

「腰は軽いみたいですね」

と、村田が言った。

「動きがいいのは大事だよ」

「でも、勘は悪いでしょう」

田村がそう言うと、

「観察力だってなってないですよ。だって、あいつ、まだ昭子《あきこ》ママと和子《かずこ》ママの区別がついてないでしょう」

村田はそう言った。

「なに、言ってんの。あんたたちだって、一年近くわかんなかったじゃないの」

と、あたしは二人をせせら笑った。

あたしたちは双子なのだ。遠井昭子と遠井和子。いちおう昭子のあたしが姉ってことになっている。

交互にこの店に出ている。いっしょにカウンターのなかにいたことは、いままで一度もない。正月もお盆も、日曜も休日もない年中無休に思われがちだが、じつは一年の半分を交代で休んでいる。

「あれ、そうでしたっけ」

「いや、半年くらいで薄々はわかりましたよ」

二人は姐御《あねご》に叱られた組員みたいに肩をすくめた。

村田真一《しんいち》と田村正一《しょういち》。名前は似ているが、この二人はもちろん双子ではない。見た目もまったく似ていない。村田は、肥《ふと》り気味のおっさん顔。田村はシャープな目をしたかなりの美男子。

「ま、いっしょにいるときを見なきゃ、永遠にわからないわね」

と、わたしは笑った。

「でも、昭子ママ、最近、あいつがなにかネタ持って来るのを楽しみにしてませんか?」

村田が訊いた。

「え?　そう見える?」

あたしは訊いた。

「見えますよ、なあ、田村？」

「ええ。見えます」

「和子はどうなの？」

「和子ママはそうでもないかな」

村田がそう言うと、

「いや、和子ママもそうだよ」

田村は否定した。

和子にははっきりとは訊いていないが、あいつもきっと熱木のネタは楽しみにしている。

近ごろ、あたしたちは頭を使うことが少なくなっていたのだ……。

第四話

コンビニのない夜は餓死もあり得た？

1

「やあ、しょっちゅう顔を合わせてるのに、熱木さんの事務所に入るのは初めてだね」

椅子に座ると、ナベさんはそう言って、部屋のなかを見回した。見られるようなものはなにもない。客用の部屋には葉亜杜がいる事務机に椅子、三人掛けのソファに一人用のソファが二つ。模造革だが、濃緑の落ち着いた色は気に入っている。

壁にはマチスの〈金魚〉のちゃんとしたレプリカ。いちおうプロが油絵具《あぶらえのぐ》で模写したもので、十万円ほどした。じつは、十文字真紀の〈リフレイン〉にも同じものが飾ってあり、その真似をしたのだった。

「どうぞ」

と、葉亜杜がわたしを入れて三人分のお茶を出した。

もう一人は見知らぬ人である。

「この男は、わたしの大学の同級生で、田島良知《たじまよしとも》っていうんだけどね。この前、熱木さんのことを話したら、ぜひ依頼したいというんだよ。その依頼の件については、わたしも知っているので、いっしょに来たというわけさ」

と、ナベさんは言った。

探偵の仕事は秘密がからむので、依頼人は広告などを見てやってくる人ばかりと思われがちだが、意外に知人の紹介も多い。相談されたりしたが、やっぱりプロの探偵に頼んだほうがいいという流れになるのだろう。

「なんでしょう?」

わたしはその同級生のほうに顔を向けた。

「じつは、われわれの大学の同級生で高松行夫《たかまつゆきお》という男がいたんだけど、この男は卒業を間近にした二月ごろ、突然、亡くなってしまったんですよ」

と、同級生が言うと、ナベさんがわきでうなずいた。

ナベさんは、国立の超一流大学を出て、超一流の商社に勤め、今年の春、六十五歳で定年を迎えた。この同級生も身なりからして似たような履歴を辿って来たに違いない。

「ずいぶん前の話ですね？」

「昭和五十一年のことです」

「いまから四十年以上前ですか」

わたしはまだ背中にランドセルを背負っていたはずである。

「急に三日くらい姿を見せなくなったのでおかしいと、わたしともう一人の友人でアパートを訪ねてみると、亡くなっていたんです。それで、警察にも届けると、いちおう不審死扱いになったため、司法解剖も行われました。すると、死因は餓死だったんです」

「餓死！」

これにはわたしも驚いた。

終戦直後とかいうならまだしも、昭和五十一年当時に学生が餓死するなんてことがあるだろうか。

「わたしたちも驚きました。じつは、亡くなったとされる日の前の晩、高松とわたしは友だちのアパートで酒を飲んでいたんですよ。それから、いっしょに友だちのアパートを出て、わたしは一つ隣の駅にあるアパートで暮らしていましたから駅で別れたんです。高松はそのままアパートに帰ったはずです。それで、その翌日には餓死でしょ。いったい、どういうことかと」

「亡くなった時刻は？」

「正確にはわからないが、たぶんわたしたちと別れた翌日の昼ごろには亡くなっていたはずだということでした」

「酒は飲んだのですよね？」

「焼酎をね」

「急性アルコール中毒じゃなかったんですか？」

昔は多かったはずである。いまの学生たちは無茶な飲み方はしないらしいが。

「高松は酒が強かったんです」

「つまみは食べたんでしょう？」

「いや、あのときはほとんど食べなかったと思います」

学生の酒だから、そういう飲み方もあっただろう。だが、焼酎はカロリーも高かったはずで、翌日の餓死はおかしくないか。

「警察に、そのことは？」

「もちろん話しました。でも、胃にはなにも入っておらず、血液成分などからしても飢餓による心臓停止だったと」

「へえ」

「警察がそう言うんだから、わたしたちはどうしようもありません。高松の遺体は、石川県から上京して来た両親に引き取られて行きました。わたしはお金がなくて葬式には行けず、就職してから実家を訪ね、墓参りをして来ました」

「それにしても餓死とは」

「たしかに、高松は凄く辺鄙《へんぴ》なところに住んでいて、周囲は茶畑だらけで食いものを買える店などはなにもなかったのです」

「でも、近くにコンビニとかは？」

と、わたしは訊いた。

「コンビニなんかあの当時、なかったです。ファミレスは国内一号店といわれる〈すかいらーく〉がちょうど大学のある町にできていましたが、そこまではかなり距離がありました。だから、夜中に腹が減ると我慢するしかなかったのは間違いないんです。わたしたちの世代は、一度や二度は、皆、そういう経験をしているはずですよ」

わたしの世代も腹を空かした経験はあるが、それでもなにがしか口に入れるものはあった。いまの若者に至っては、空腹自体、あまり切実なものではないだろう。

「それにしてもねえ」

と、わたしは言った。

「でしょう？　だから、調べてもらいたいんです」

と、同級生の田島氏は眉をひそめた。

「ほんとに餓死だったのかを？」

「ええ。費用は大学の同級生が皆で出し合おうということになりましてね。皆、高松のことは気になっていたんですね。ほんとだったら高松も、ちょうど定年になり、おれたちといっしょにまた遊び始めていたはずですからね」

「それにしても、四十年以上前のことですよね」

わたしは引き受けるのを渋った。

やっぱりわからなかったでは、ナベさんにも申し訳ない。

迷っていると、

「でも、あのアパート、まだあるんだよな」

と、田島氏は言った。

「え、そうなの？」

ナベさんが驚いた。

「おれもびっくりだったよ」

「行ってみようか。熱木さん。とりあえず、いっしょに行ってくれないか。断わるなら、こういうことを調べたらいいとアドバイスが欲しいんだよ」

とのナベさんの頼みに、

「わかりました」

と、いっしょに行ってみることにした。

2

中央線国立《くにたち》駅から歩いて二十分ほど。住所は国分寺《こくぶんじ》市になるらしい。降車駅も、国分寺のほうが近いが、そっちからは歩いたことがないので、道順がわからなくなるとのことだった。

坂道を上り、線路沿いの道を進む。

「昔はこのあたりはなにもなかったんです。茶畑があるくらいで、あとはプレハブのアパートがぱらぱらと建ってました」

歩きながら、田島氏は言った。

いまは、建売らしい住宅が立ち並んでいるが、わずかに茶畑らしきものも残っている。ちょうど新茶のシーズンで、きれいな緑の葉が茶の木の上を覆っていた。

駅からすでにコンビニが四つあった。セブン-イレブンが二つに、ファミリーマートとローソンが一つずつ。ほとんど百メートルどころか、五十メートルに一店はある。そこでおにぎりが一つ買えていたら、たぶん餓死は免れていたはずである。

「これがあのころはなかったんだからなあ」

と、ナベさんは通り過ぎたローソンを指差して言った。

「日用品のほとんどが揃《そろ》うしな」

田島氏もうなずいた。

「薬だってあるだろう。風邪ひいたって、近くにコンビニがあれば、風邪薬とビタミンCを買って、飲んで寝ることができるんだ。おれたちのころは、布団かぶって寝ているしかなかったんだから、餓死はともかくいまなら助かった病死もあっただろうな」

ナベさんは感慨深げに言った。

確かにコンビニのない暮らしというのは、もはや考えられないかもしれない。

線路沿いの道から外れて少し行くと、

「あれだ、あれだ」

と、田島氏が指差した。

二階建てのアパートで、細い鉄骨が剝き出《むだ》しになっていて、壁には鉄の細い棒が×印のように張ってある。昔はよく見たプレハブ造りのアパートだが、最近では珍しいものになった。わたしも学生時代に一度住んだことがあるが、歩くとぎしぎし言ったりして、いまならとても住めないかもしれない。

「ああ、なんとなく思い出した」

ナベさんが言った。

ナベさんは高松行夫とはそれほど親しくなかったので、一度くらいしか来たことがないという。

「凄いですね」

と、わたしは言った。凄くボロボロですねという意味である。遠くからはわからなかったが、近づいてみると、鉄骨は何度もペンキを塗られたのだろうが、いまは斑《まだら》に剝がれ、壁板もずいぶん汚れている。外に出た鉄板の階段も、錆《さび》が出て、恐怖感まではないが、年代を感じさせる。

「あの当時は、まだできたばかりだったんです」

と、田島氏は言った。

「四十年以上前ですからね」

と、わたしは言った。

「そこの二階のいちばん手前の部屋でしたよ」

田島氏は上を指差した。小さな窓が開いていて、人が暮らしている気配はある。

「なかはどうなってたっけ？」

と、ナベさんが訊いた。

「六畳と狭い板の間の台所かな。でも、いちおう水洗トイレがついて、風呂はないけどシャワーは浴びられるようになってるんだ。おれの下宿はシャワーもなかったから、ここに遊びに来るときは羨ましかったよ」

お洒落な田島氏にもそんな時代はあったのだろう。

「家賃はいくらだった？」

ナベさんが田島氏に訊いた。

「ここは六千円だったんだ」

「当時なら、そんなもんか」

「いや、当時でも格安だろう。高松はもっと安いところを探したらしいけど、風呂なしで銭湯代を払うことを考えたら、ここがいちばん安かったらしい」

「そうか」

二人の話が終わるのを待ち、

「ここは、上下で八部屋ありますよね。同じ大学の学生はいなかったんですか？」

と、わたしは訊いた。

もし、いたら、食いものくらいねだることはできなかったのか。なにせ、死ぬほど腹が減っていたのだから。

「うん、いたはずだよ。他にうちの大学の学生が三人ほど。ただ三人とも後輩だったし、一人は女子学生だったから、高松もアパートの住人とはほとんど話したことはないと言ってた気がします」

「そうですか」

わたしたちが前の道で話していると、ちょうど当の部屋のドアが開き、なかから住人らしき男たちが出て来た。

とくに訊きたいこともないし、昔、ここで餓死した人がいるなんてことを伝えられても迷惑だろうから、わたしたちはさりげない顔で通り過ぎるのを待った。男二人だが、二人で住んでいるのか、一人は遊びに来たのかはわからない。何か話しながら通り過ぎた。顔は日本人みたいだったが、話していた言葉はまったく聞き取れない。

遠くへ行ってから、

「いまの何語ですか？」

と、ナベさんに訊くと、

「あれはカンボジア語か？」

ナベさんは田島氏に訊き、

「そう。クメール語ってやつ。おれ、一時期、マレーシアの支店にいたから、ときどき聞いていたよ」

と、田島氏が答えた。

さすがにふたりとも、元エリートサラリーマンである。

「同級生とかはだいたい連絡がつきますか？」

もし調べ直すとしたら、やはりそこらが頼りになるのではないか。

「名簿はありますよ。同窓会も何度かやって、連絡がつきやすいのは三分の一くらいですかね」

「同窓会のときに高松さんの話題は？」

「出ましたよ。あれは変な話だったと言うやつもいたけど、改めて調べようとはしなかったね」

「それが、いまになって気になってきたと？」

「定年で暇になったからですかね」

と、田島氏は言った。

一瞬、微妙な表情をしたが、高松さんのことでも思い出したのだろう。

「四十五回忌なんてあったっけ？」

ナベさんが田島氏に訊いた。

「ないだろう。だが五十回忌はあったかもな」

四十数年。餓死などという変わった死に方でなかったら、高松さんもすっかり忘れられていたかもしれない。

「熱木さん、引き受けてよ。高松ってのはいつもニコニコしていたやつでさ。なんか、自分でも餓死なんて信じられないでいると思うんだよ。おれも、いま調べてやることが、供養になるような気がしてきたよ」

と、ナベさんがわたしに言った。

「わかりました」

他ならぬナベさんの頼みでもあるし、この昭和の奇妙なできごとを探ってみる気になったのだった。

3

田島氏は横浜の家にもどったら、同窓会の名簿をわたしの事務所にデータにして送ってくれると約束し、新宿駅で別れた。同級生に会う段取りがついたら、田島氏は必ず同行するという。ナベさんも、高松行夫とはそれほど親しくなかったが、田島氏との付き合い上、できるだけ同行するとのことだった。

「ナベさん、今日も麻雀ですか?」

「そらそうだよ。おれにはもう、これくらいしか楽しみがないんだから」

わたしはいったん事務所に入り、今日の伝言をチェックし、葉亜杜に帰ってもいいと告げると、〈雀のお宿〉に顔を出した。

ナベさんはもう、おなじみのメンバーと卓を囲んでいて、わたしが後ろに座ると、

「ナベさんといっしょだったんだって?」

と、理恵社長が訊いた。

「そう」

「難事件を熱木さんに頼んだとか」

「うん。でも、わたしからはなにも言えませんよ。依頼者の秘密は守らなきゃいけないんだから」

わたしがそう言うと、

「じつはさ……」

と、ナベさんのほうから今日の依頼の件をすべて打ち明けてしまった。

「餓死？」

ほかの三人や入江のママからいっせいに驚きの声が上がった。

「昭和五十一年に？」

「変な話でしょ。もしかしたら、餓死を装った殺人というのもありかなと」

と、ナベさんの後ろでわたしが言った。

「お、熱木さんもいよいよ本格的な探偵の道に入ったんだ」

留さんが真面目な顔で言った。

「馬鹿言っちゃいけませんよ。日本の探偵が殺人なんかに関われるわけないでしょうが」

とは言ったが、まったく野心がないわけではない。ハードボイルドを愛読してきた。たまにはフィリップ・マーロウやリュウ・アーチャーのような体験もしてみたい。「強くなければ生きてはいけない。優しくなければ生きている資格はない」なんて台詞も言ってみたい。

殺人という可能性もいちおう頭において、調べを進めてもいいかもしれない。

「餓死を装った殺人なんてできるかね？」

と、教授が言った。

「そりゃあ、できなくはないでしょう。閉じ込めてなにも食べさせずに置き、餓死したところで閉じ込めた痕跡を消してしまえばいいんだから」

わたしはそう言ったあと、一瞬、もしかしてそれもありかと思ったが、前日に依頼人たちと酒を飲んでいたのを思い出した。

だが、ナベさんはそのことを忘れたらしく、

「なるほど。それはあるかもな」

などと言ったので、

「ナベさん。それはないですよ。ほら、前の晩に」

「あ、そうだ。そら、ないわ」

ナベさんも笑った。

哀れな死も、四十数年経つと、こんなふうに笑って話されてしまう。

「でも、近所にコンビニもなかったの？」

と、理恵社長が呆れたように言うと、

「昭和五十一年だったら、まず、ないね。日本にコンビニができたときというのは諸説あるんだけど、ファミリーマートの一号店が昭和四十八年、セブン‐イレブン一号店が昭和四十九年、ローソン一号店が昭和五十年なんだよ。それで、あっという間に広まったわけでもなく、セブン‐イレブンが百店舗を達成したのが、たしか昭和五十一年の五月のことだったんだ」

と、教授が言った。

「全国で百店舗じゃ、まず見かけないか」

「ましてコンビニの二十四時間営業というのは、実験的にぼちぼち始まったというくらいだったからなあ」

教授はそう言って、留さんの捨て牌で上がった。メンタンピン、ドラ一。

「でも、いま、コンビニがこんなにたくさんあるよね。そのかわり、それで消えた店ってのはないんですか？」

理恵社長が教授に訊いた。

「そりゃあ、いっぱいあるさ。煙草《たばこ》屋、酒屋、文房具屋、お菓子屋、乾物屋、牛乳屋などいろんな店が無くなっただろうね」

「その無くなった店が当時は近くにあったんじゃないの？」

「なるほど。そこに行けなかったのかと？　でも、たとえあったとしても、当時は遅くまでなんてやってなかったしな」

と、教授は残念そうに言った。

「カップヌードルくらい置いてなかったの？」

と、理恵社長はナベさんに訊いた。

「なかったんだろうな」

ナベさんが言った。

「なんで置いてなかったの」

「あのころ、売ってたでしょ？」

入江のママが教授に訊いた。

「売ってたね。カップヌードルは、昭和四十六年の発売だ」

と、教授が言うと、

「でも、カップヌードルは高かったんだよ。発売されたとき、百円だったけど、当時、袋めんなら三十円くらいで買えたし、学食に行けば、ラーメンは五十円かな、かつ丼が八十円で食べられた。カップヌードルは、貧乏学生にとっては高級品だったよ」

ナベさんの話に、理恵社長は、

「そうかあ」

と、悔しそうに顔をしかめた。

「自炊してなかったのかしら？」

と、入江のママが言った。

「自炊は、おれたちの世代はほとんどやってなかったな」

ナベさんが言うと、

「やっても袋めんくらいだよ。自炊するとなったら、電気釜や冷蔵庫を買ったりしなくちゃならないし、男子学生には面倒臭かったよな」

と、教授もうなずいた。

わたしは、注文しておいた中華屋のチャーシューをトッピングしたタンメンを食べ終えると、雀荘から事務所にもどった。

4

二日後――。

田島氏とナベさんと、東京都庁の一階のロビーで待ち合わせた。

高松行夫は都庁に就職することが決まっていて、これから会う同級生もやはり都庁に合格し、定年まで勤めたあと、民間企業に移り、いまは都庁関係のボランティアのまとめ役のようなことをしているという。

わたしが行くと、すでに田島氏とナベさんは来ていたので、

「出る前に、高松さんの実家に電話をしてみましたよ」

と、告げた。

「え、したんですか？」

田島氏は驚いた。

「まずかったですか？」

「とんでもない。わたしもしたかったんですが、なんせしにくくて。餓死のことを持ち出すのに、向こうはいまごろなに言ってるんだと思うのは明らかですし」

　たぶん、そう思っただろう。

　だが、わたしは探偵で、大学の同窓会から頼まれたんだと告げて話を聞いたのである。

「いやあ、やっぱりプロに頼むものですね。それで、なんと？」

「お父さんはすでに亡くなり、実家を継いでいるのは弟さんなのですが、なんか後ろめたさみたいなものはずっと感じてきたみたいです。餓死するほど、仕送りしてなかったのかと思われるだろうと」

「なるほど」

「でも、仕送りは三万円送っていたし、バイトだってしていたはずだからと」

「そりゃそうだ」

「なにか持病みたいなものはあったかと訊くと、そんなものはなかったと。ただ、スポーツマンみたいな、頑健な身体ではなかったと言ってました」

「そんなのは、おれたち、皆、そうだよ」

　と、ナベさんが言った。

「日記のようなものはなかったかと訊きました。日記はつけてなかったそうですね。

それで家財道具のようなものはほとんどなく、ラジカセやテープ、本などは、すべて東京で捨てて来たそうです」

「そうか。では、実家でもほとんどわからないと？」

「そうですね」

わたしはうなずいた。

もしなにかわかりそうなら石川県まで行くつもりはあるが、おそらく無駄足になるだろう。

そのとき、

「よお」

と、後ろから男が近づいて来た。

田島氏とナベさんは片手を挙げ、前に座った同級生に、

「こちら探偵の熱木さんだ」

と、田島氏がわたしを紹介した。

「大友《おおとも》です。なりゆきは田島から聞きました。いやあ、探偵さんが登場するとは思わなかったなあ」

「だが、さすがだぜ」

と、三人はひとしきり雑談のような話をした。

わたしはその三人のようすを見ながら、超一流の大学を出て順風満帆のサラリーマン生活を送って来た人たちの自信と余裕をひしひしと感じた。それは口調なのか物腰なのか、あるいは服装や腕時計や靴など外見から来るのか。とにかく、この人たちは胡散臭《うさんくさ》くないのだ。ナベさんも、雀荘で麻雀をしているときにはそれほど感じなかったエリート臭が、いまはぷんぷんしていた。

だが、わたしだって世間では一流と言われる私大を出て、憧れの職であるパイロットにもなったが、いまはこうして地を這《は》うような探偵の仕事をしている。見た目だってたぶん相当、胡散臭いはずである。だからといって、コンプレックスを抱いたりはしないが、なんとなく三人のなかで違和感は感じていた。

「それで高松ですけどね」

と、大友氏はようやく本題に入ってくれた。

「高松も都庁に受かっていましたが、だからいっしょに研修を受けるということはなかったんです。ただ、わたしは大学のすぐ近くに下宿していたので、同級生はよく遊びに来ました。高松もその一人でした」

「前の晩、酒を飲んだのは、この大友の下宿だったんですよ」

と、田島氏が言った。

「そうでしたか」

「飲んだって言っても、あんときは焼酎一杯ずつくらいだよな。お茶とかコーヒーを出すようなつもりだったんでしょう」

「麻雀とかは？」

「うちのアパートは、麻雀禁止だったんですよ」

「そうですか」

「それに高松は麻雀をやったかな？」

と、大友氏は首をかしげた。

「そういえば、やってないよ、あいつは」

と、ナベさんは言った。

「バイトはしてましたか？」

「してました、カレー屋で」

と、大友氏が言った。

「あ、そうだ」

田島氏が膝を叩いた。

「え？　カレー屋で？　それで餓死ですか？」

わたしは首をかしげた。どうも解《げ》せない話である。

「いや、そのカレー屋は三年のときに店を畳んだんです。そのときは毎日、カレーを食ってるとは言ってましたよ」

「四年のときは、バイトはしてなかったんですか？」

「四年のときもしてたはずです。車の免許を持っていたから、観葉植物の配達と、あとは国立スカラ座という映画館があったのですが、そこの夜の掃除のアルバイトを掛け持ちしてました」

「けっこう働いてたんですね」

「そうだと思います」

「観葉植物の店と、映画館も当たってみますか？」

「観葉植物の店はどこなのかわかりませんよ。国立スカラ座はもうないです」

「そうですか」

アルバイト仲間というのは、意外に同級生より親しくなったりもするので、当たってみる価値はあるのだ。

「高松といちばん親しかったのは、わたしではなく、新堂雅文《しんどうまさふみ》っていう男でした。新堂は墨田区の自宅から通っていたのですが、遠いというのでよく高松のアパートに泊まっていたのです」

という大友氏の証言に、

「やっぱり新堂か」

と、田島氏は困ったように言った。

「この人ですね」

と、わたしは名簿を指差した。住所も書いてあり、墨田区になっている。

「あ、そうです」

田島氏はうなずいた。

「連絡はつきますか？」

「じつは、新堂というのは山一證券《やまいちしょうけん》に入社しましてね」

「ああ」

株などには縁のないわたしでも、山一證券の名前は知っている。平成に入って相次いだバブル倒産のなかでも、大型倒産として話題になった会社ではないか。ただ、じっさいは倒産というより自主廃業だったのだが、社長が「悪いのは社員じゃありません」と泣いて訴えたのは、いまでも覚えている。

「廃業したとき、けっこう重要なポジションにいましてね、わたしたちも心配したものです。もしかしたら、ニュースで名前が出て来るかもしれないと」

「なるほど」

「それで廃業したあと、連絡が取れなくなりまして」

「社員の方たちは、ほかの一流企業に移ったとかは聞いた覚えがありますが？」

「新堂はなまじ中枢部にいたので、難しかったのかもしれません。それで、どうも海外のほうに移住したという話でして」

田島氏がそこまで言うと、

「なんか、いろいろ傷ついたのか、昔の友だちとも会いたくないらしいんだよ」

と、ナベさんが言った。

「そういうもんなのですかね」

わたしは、一流企業とパイロットの座から墜落したけれど、昔の友人である山崎とも別に平気で会っている。もっとも山崎は、社会の怪しいところにいる友だちの存在を喜んでいる気配はあるが……。

「なまじ、一時期、景気が良すぎたからかな」

「恐ろしい羽振りだったしな」

「おれ、銀座で奢ってもらったことあるよ」

三人がまた雑談のようになったので、

「じゃあ、連絡はつかないですか？」

と、わたしが訊くと、

「それがもしかしたら、意外な筋からわかりそうなので、わかったらすぐ連絡します」

田島氏はそう言って、大友氏の聞き取りもここまでになった。

三人はこれからいっしょにランチをするというので、わたしは事務所にもどることにした。

5

ところが、事務所にもどったところで田島氏から電話が入った。

「新堂雅文の連絡先がわかりました。フェイスブックに出していたんです」

田島氏の声は興奮している。後ろではナベさんの声もしている。

「なるほど」

「思いがけない商売をしてましてね」

「というと？」

「錦鯉《にしきごい》を育てて販売しているみたいです」

「東京で？」

「いや、埼玉ですね。フェイスブックは見ることはできますか？」

わたしはやってないが、葉亜杜に頼めば見せてもらえる。

「ええ、もちろん大丈夫です」

わたしはさっそく新堂氏に連絡を取った。


新堂氏が電話に出ると、わたしはすぐに用件を伝えた。

「高松行夫のことを訊きたいって？　なんでまた？」

「同級生の人たちが、餓死ってのは、やっぱり変だというんですよ」

「ふうん。そうかねえ」

「変じゃないですか？」

この人はなにか詳しいことを知っている気がする。

「どうだったかな」

「ぜひ、当時の話を聞かせてくださいよ」

「あんたに依頼したのは誰？　田島？　北鍋も？　おれは、昔の同級生と会うのは気が進まないんだよなあ。なんせ、脱落組だからさ」

「いや、わたし一人で伺いますよ」

わたしがそう言うと、新堂氏は今日これからでも会うことを了承してくれた。


わたしは葉亜杜の住むマンションに置いてある古いミニに乗って、埼玉県の桶川市《おけがわし》に向かった。駅からかなり遠く、周囲はほとんどが田んぼや畑だが、そこに池と水槽と、事務所も兼ねているらしい家が建っていた。

大きな駐車スペースもあり、車をそこに停《と》めると、すぐに事務所のなかから新堂氏が現われた。錦鯉の模様のアロハを着て半ズボンをはいた、大柄な男だった。かぶっているのはエンゼルスの赤い野球帽。かなり古くなっているから、大谷翔平が入団以前のものだろう。ナベさんや田島氏たちより十歳は若そうに見える。

「田島たちはあいかわらずエリート臭がするかい？」

と、新堂氏はいきなり訊いた。

「え、いや、上品そうな人たちですよ」

まさにそうだったが、わたしは穏便な答え方をした。

「まあな。おれはいっぺん同窓会に出たんだよ。まだブラジルにいるころだったけどさ」

「そうだったんですか」

それは聞いてなかった。

「たまらんね。あのエリート臭は」

と、新堂氏は笑った。別にひがみのような気持ちにも見えない。

事務所の応接セットに座らされ、

「さっき話を聞いて、あれから思い出してたんだけどね」

と、新堂氏は写真を見せてくれた。

大学のキャンパスで、学園祭のときに撮ったものらしい。三人写っていて、

「これが高松ですよ」

「ああ、この方が」

高松行夫の姿を見たのは初めてだった。

痩せて、長髪で、髭《ひげ》がある。

「髭、生やしていたんですね？」

「そう、無精髭《ぶしょうひげ》が伸びたみたいな感じだったけどね」

「ミュージシャンみたいじゃないですか」

超一流の大学に通う若者というので、もっと違う感じを想像していた。

「ああ、そうね」

「誰かに似てる。あ、ビートルズのジョージ・ハリスン」

「当人も意識してたんじゃないかな」

「やっぱりそうですか」

「でも、髭は都庁に受かってからは剃《そ》ってたよ」

「餓死というのは、そんなに意外じゃなかったんですか?」

「もともと食が細かったからね」

新堂氏はそう言って、窓の向こうの池に目をやった。

池には凄い数の錦鯉が泳いでいる。

「そうなんですか」

「あいつ、体重、どれくらいあったかな。身長は百七十くらいあったけど、体重は確か四十五、六キロくらいじゃなかったかな」

「がりがりですね」

「あいつの下宿に行くときは、食いものはほとんどないから、おれが食料を買って持って行ったんだよ。夜中に腹減っても、ほとんど食うものがなかったから」

「なるほど。まさか、ダイエットしてたとか？」

「あのころ、ダイエットなんかしてる学生はいないだろう。皆、痩せてたよ。だから、社会人になると、十キロだの二十キロだの肥るんだよ」

「そうですね」

「肉とかもあんまり食わなかったんだよな、あいつは」

「そうなんですか」

「あ、でも、焼き鳥は食ったな。あいつと何度か駅前の焼き鳥屋に入ったことがある。試験のあいだ何日間か泊めてもらうかわりに、あいつに酒を奢ったりしたよ」

「酒は強かったんですね？」

「うん。強かった。でも、金がないから、いつもいちばん安い酒しか飲まなかったよ」

　と、新堂氏は笑いながら言った。

　ここが不思議なところである。

「高松さん、そんなにお金がなかったんですか？　三年まではカレー屋でバイトして、四年のときは観葉植物の配達と映画館の掃除をしてたとか」

「あ、してたな。でも、金はなかったぞ。よく、パンの耳、食ってたから」

「パンの耳を？」

「ほら、パン屋がタダで置いてるだろう。あれをよく食ってたんだよ。ジャムかピーナッツバターをつけて。あと、ソース飯」

「なんですか、それ？」

「学食でご飯だけ頼むんだよ。それだと二十円か三十円だったよな。それにテーブルに置いてあるソースをかけて食うの」

「凄いですね」

「でも、ソースって野菜とかを煮詰めてつくるんだろう。おれも高松の真似して食ったことがあるけど、わりとうまかったけどな」

「へえ」

この人たちとわたしの歳の差は十一歳。この人たちは昭和五十一年に大学を卒業、わたしは昭和六十二年の卒業。

だが、いくら学生時代とはいえ、そんなに貧しかったかだろうか——一瞬、そう思ったが、すぐそのわけに思い至った。

なんと言っても、その十一年のあいだ、昭和六十一年に、日本はバブル経済に突入し、低迷していた景気がいっきに上向いたのだ。その好景気のあおりを受け、わたしの学生生活の後半は、もう少し気持ちが上向きになっていたのだろう。

「そういうことしてたから、高松は自然と栄養失調になり、挙句は餓死する羽目になったんだよ」

「でも、仕送りは三万もらっていたそうですよ」

「あ、そうなの。だったら、贅沢《ぜいたく》はできないけど、バイトしてたらなんとかなるわな。じゃあ、あいつ、なんであんなに金なかったんだろう？」

新堂氏も結局、肝心なところはわからないようだった。

6

東京にもどると、すでに夜になっていた。

わたしは事務所の前に車を停め、葉亜杜に四谷のマンションに持って行ってくれと頼むと、そのまま、ゴールデン街に向かった。

まだまだすっきりしない高松行夫の餓死の件について、あの遠井のママからなにかいいアドバイスがもらえそうな気がしたのだ。

――あのママを当てにしてる？

自分でも意外な感じがした。

ドアを開けると、いつもの二人連れはおらず、七十くらいの渋い老人が一人で飲んでいるだけだった。

「いらっしゃい」

遠井のママは注文を訊かずに、ジンライムをつくってくれた。やっとわたしの好みを覚えてくれたらしい。

「なにか面倒な事件、抱えてる？」

少し微笑んで訊いた。

いまでこそ、昭和のおばちゃん臭しかしないが、このママは若いころ、相当な美人だったかも――と初めて思った。鼻梁は細く、すっきりと高い。唇がいい感じにふっくらして、口角が緩やかに上がっている。残念ながら目は細いが、しかしこういう目は、アイシャドウとアイラインでまるで別人のように魅力的になるのだ。しかも、いつもラフなドレスを着ているが、胸は豊かだし、腹も出ていないのはよくわかる。

内心で見直しながら、

「うん。昭和の匂いがぷんぷんする面倒な一件」

と、わたしは言った。

「あら、ぜひ、聞きたいものね」

「じつは……」

と、もちろん個人情報は伏せて、餓死の件を話した。

「餓死かあ」

「信じがたいだろう？」

「でも、そういうことってあると思うよ」

と、遠井のママは言った。

「そうかね」

「いきなり餓死はしないだろうけど、栄養失調が長くつづいていたら、急に心臓もおかしくなったりするわよ。体重はどれくらいあったんだろう？」

「身長は百七十だけど、体重は四十五、六キロだって」

「亡くなったときはもっと減っていたんだろうね。夜中のうちに腹が減ったけど、朝まで我慢した。ところが朝、動こうとしてもめまいとかがして動けない。結局、動けないまま、タンパク質の不足などが祟《たた》って、心臓停止。解剖してみたら、栄養失調に加えて胃のなかになにもないんじゃ餓死か衰弱死になるわよ」

遠井のママは、法医学でも勉強したような調子で言った。

「そうか」

「昭和何年？」

「昭和五十一年」

「ああ、ロッキード事件で大騒ぎだった年か」

「そうなんですね」

わたしは十二歳だったが、リアルタイムのできごととしては、ロッキード事件のことはなにも覚えていない。

「唄はなに流行《はや》ったたっけ？」

遠井のママは、雑誌の切り抜きをカウンターの裏から取り出して見た。

「ああ、『北の宿から』が流行った年か」

そう言って、都《みやこ》はるみのCDをかけた。この店ならレコードかカセットテープがふさわしいが、それだと場所を食ってしまうらしい。この中途半端なところも、昭和臭いのかもしれない。

「その男の子、カノジョはいなかったのかしらね」

「カノジョ？」

あんな超一流大学だと、女子学生がいるイメージがない。

「四年生だったんでしょ。いても不思議はないよね」

「たしかに」

高松行夫は、ジョージ・ハリスン似のいいやつだった。カノジョがいてもなんの不思議もない。同じ大学にいなかったとしても、バイト先にいたこともありうる。

まさか、あの晩、高松のアパートにいて、最後の精を搾り取って行った？　それは、過失致死くらいにはならないのか。

「調べてみたら？」

「そうだね。依頼者に訊いてみるよ。しかし、四十何年ぶりに、あんな謎が気になるというのも面白いよね」

と、わたしは言った。

「あら、熱木ちゃん。そこ、おかしいと思ってなかったの？」

遠井のママは軽く言った。

「え？」

わたしは急に不安になった。

「だって、四十何年も経って、ほじくり返そうとは思わないでしょう、ふつう」

「ほんとだ。まさか、依頼人が殺した？」

わたしがそう言うと、

「それはないでしょ、はっはっは」

と、大声で笑った。

「だよね。だったら、ほじくり返そうとはしないわな」

「あたしは見当つくけどね」

「そうなんだ」

わたしはなんだか自分が凄く間抜けな男に思えてきた。

7

翌日、田島氏とナベさんと、新宿東口の〈らんぶる〉で待ち合わせ、

「高松さんと付き合っていた女の子はいないんですか？」

と、わたしは訊いた。

「付き合ってた女の子？」

田島氏は微妙な顔をして、

「あれかな？」

と、ナベさんに水を向けた。

「あれ？　おれもわかんないんだよな」

「疑いでもいいから教えてください。わたしが確かめますから」

と、わたしは田島氏をせっついた。

「じつは、おれたちのクラスでも出世頭でね」

「へえ」

「かつての大蔵省に入って、理財局の局長になり、それからN女子大の教授になって、まだ教授をやってるんです。ときどきテレビなどにも出てますよ」

「たいしたものですね」

「安西《あんざい》小百合《さゆり》っていうんですが」

田島氏は気後れしているような顔で言った。

「ああ」

確かにテレビで見た覚えがある。討論番組で財務大臣がたじたじになっていた。

「噂はあったんです。でも、ほんとかどうか、わからないんです」

「わかりました。わたしが訊きましょう」

さっそく連絡すると、会ってくれるという返事だった。付き合っていたのも事実だという。なんのことはない、ずいぶん気軽な調子だった。田島氏たちが勝手に気後れしていたのではないか。

N女子大の研究室に入ると、

「あら、田島くんに北鍋くんも」

と、安西教授ははしゃいだような声を上げた。

話はすぐに核心に入った。

「高松くんと付き合ったと言っても、半年くらいかな」

安西教授は素直に認めた。

「いつごろの?」

「四年の前半くらい」

「高松さんのアパートに行かれたことは?」

安西教授は田島氏らをちらりと見て、

「二回くらい行って、掃除してあげたかな」

「でも、掃除するほど、ものはなかったでしょ？」

「そうね。高松くんて倹約家だったから」

「女性相手にもそうでした？」

「そうよ。デートとかもほとんどお金を使わないところばっかりだったし」

「そうですか」

「はっきり言って、ケチよね。やっぱり女の子は、ケチな男の子ってのは駄目よね。そういうときくらい見栄《みえ》張《は》ってくれないと」

安西教授の経済理論は、かなりいけいけ路線なのかもしれない。

「食事するときも？」

「うん。せいぜいそば屋さんとかよ。ワリカンにしようと言うと、すごく嬉しそうな顔をしていたわね」

「肉とかはあまり食べなかったそうですね？」

「ああ。ジョージ・ハリスンの影響でね」

「ジョージ・ハリスンの影響？」

意外な事実が飛び出した。

「え？　知らなかった？」

安西教授は田島氏のほうに訊いた。

「いや、似てるとかは言ってたけど、影響受けてたんだ」

と、田島氏が言った。

「大好きだったんだよ。それで、ジョージ・ハリスンは菜食主義者で、おれもそうしたいんだけど、焼き鳥は大好きだからつい食べてしまうって。でも、豚肉や牛肉はいっさい食べなかったよ」

「そうだったんだ」

田島氏とナベさんは顔を見合わせた。

やはり付き合った女の子じゃないとわからないことはある。

「菜食主義は駄目よね。経済のためにも」

と、安西教授は言った。

「別れ話はやっぱり安西さんから？」

ナベさんが遠慮がちに訊いた。

安西教授はうなずき、

「いい人だったんだけどね。やっぱり高松くんとはやっていけなかったと思うよ」

と、懐かしそうに言った。

「餓死だったのはご存じだったんですよね？」

と、わたしは訊いた。

「ええ。だから、意外じゃなかったわよ。でも、高松くんのことは、わたしよりあの人がよく知ってるかも。ほら、ええと、あの人」

安西教授は名前を思い出せないらしい。

「同級生？」

田島氏が訊いた。

「同級だけど、授業には滅多に出て来なかった。でも、試験の成績とか凄く優秀で、知らない？　高松くんはバイト先で知り合ったたって言ってたた」

「ああ。椎名《しいな》。椎名富士夫《ふじお》。天才って言われてた」

と、ナベさんが言った。

「そうそう」

「え？　椎名と付き合っていたんだ？」

田島氏とナベさんは、ずいぶん驚いたようだった。

8

椎名氏はいまでも大学の近くのアパートに住んでいるという。

これから訪ねようと言うと、

「悪いけど、おれ、椎名は遠慮しておくわ」

と、ナベさんが言った。

「喧嘩でもしたんですか？」

と、わたしは訊いた。

「いや、喧嘩はしてないけど、なんか、昔からあいつには見下されていた感じがするんだよな」

というので、田島氏と二人で国立市に向かった。

途中の車内で聞いたところでは、椎名富士夫は就職もせず、ずっと仙人みたいな暮らしをつづけているのだという。成績は抜群だったが、大学で学んだ経済学で、こんな経済生活に一生を左右されたくない。のんびりと、経済生活に距離を置いて生きることを決意したのだという。

椎名氏のアパートは大学の真裏のほうにあった。

高松行夫のアパートに負けず劣らず古いアパートで、プレハブではなく木造である分、地震には弱い感じがする。

電話をしておいたので、

「よお、田島」

椎名氏は屈託ない調子で、田島氏とわたしを部屋のなかに入れた。

物はほとんどないが、猫が家のなかだけで三匹ほどいた。外でも鳴き声がしているので、ほかにも数匹いるらしい。

「相変わらずか」

田島氏が言うと、

「微妙にはいろいろ変わってるんだよ」

と、椎名氏は笑った。

「でも、よくこのアパート、建て替えとか強要されないよな」

「されないよ。おれのものだもの」

椎名氏は軽い調子で言った。

「椎名のものなの？　昔から？」

「三十年くらい前から。たぶん、追い出されたりすることもあるだろうと、株で儲《もう》けた金で買っておいたんだよ」

「株で? 株なんかやってたの?」

「仕方なくな。このアパートを買い取ったところでやめたけど、おれがもし、経済生活の道をまじめに邁進《まいしん》したら、いまごろおれは、ほぼ八千億円の財産がある」

椎名氏はそう言って、ぼろぼろになった大学ノートを見せた。

それには、株と不動産取引の経緯が記されてあった。

「株が三千万になったところで、このアパートを買い取ったんだ。だから、それからあとは全部、架空の取引だけど、数字は実体に即している。ほら、いまのところは八千億円になってるだろう」

「ほんとだ」

田島氏は唖然としている。

「でも、いまはこのアパートの家賃収入で悠々と暮らしてる。趣味は、猫と、天体観測と、短歌を少々」

椎名氏の笑顔は、まさに仙人のようだった。

ぼんやりノートを見ている田島氏をよそに、

「高松行夫さんのことをお訊きしたいんです。安西小百合さんから、いちばん親しくしていたのは椎名さんだったと聞いたので」

と、言った。

「ああ、そう。いちばんかどうか知らないけど、親しくはしてたよ。最初、カレー屋のバイトで親しくなったんだ。おれは授業とかほとんど出なかったから」

「餓死したことは？」

「うん、聞いた。あいつも、ケチケチ生活をしてたからな。やり過ぎたのかと思ったよ。でも、あいつとおれの違いは、あいつ二階に住んでただろう。おれは一階でほら、庭の農業で食料を追加できたから」

椎名氏は庭を指差した。二坪ほどの庭には、野菜がいっぱい植わっていた。木が二本あり、それは柿と栗《くり》らしかった。

「ほんとだ」

「それに、あいつは菜食主義だったからな。菜食主義はどうしてもタンパク質が不足するからよほど豆とか食べないと駄目なんだよ」

「ええ。ジョージ・ハリスンの影響だそうですね」

「うん。そう言ってたよな」

「でも、高松さんは、なんであんなにケチケチ生活をしていたんですか？」

「都庁に入る前の三月にインドに旅行に行くと言ってたからね。そのためのお金を貯めていたんだよ」

「そうなんだ！」

「なんでまた、インドに？」

エリート学生が夢見る国ではなかった気がする。

「なんでかな。カレー屋のバイトをしたからかな？」

「椎名さんの影響？」

「おれは別にインドに凝ったことなんかなかったよ」

と、椎名は笑った。

「でも、あれは？」

棚に妙な楽器があった。

「ああ、シタールだよ。昔からあるんだ。たまに弾くけど、ちっともうまくならない」

「はあ」

なにかが引っかかっている。

「ジョージ・ハリスンもシタールをやりましたよね？」

「そう。それで高松もこのシタールを欲しがったんだ」

「欲しがった？」

「うん。このシタールはおれの叔父さんの遺品なんだけど、高松が欲しがってね。楽器屋に持ってって値段を聞いたら、八万円なら引き取るって。それで、おれは八万円は悪いから五万円なら譲ってもいいやって。そうか、それもあって金を貯めたかったんだな。もしかしたら、シタールをかついでインドに行くつもりだったのかもな」

「それですよ！」

と、わたしは言った。

「高松さんは金がなかったのではない。額はわからないが、むしろ少なくない貯金だってしていた。ただ、就職前にインドに行くのと、シタールを譲ってもらうのと、二つの目標があったため、極端な倹約をし、すでに栄養失調になっていた。そこへ一晩、腹を空かし、翌朝は起きられないほど体力がなくなり、ついに心臓が止まってしまったと、そういうことでしょう」

実家の弟は、貯金のことはなにも言ってなかった。だが、あのころは通帳を本に挟んで隠したりしたので、下手したらそのままゴミになって捨てられてしまったということも考えられる。

わたしの言葉に田島氏もうなずき、

「若かったんだな」

と、言った。だが椎名氏は、

「若さかね」

と、首をかしげた。

あのころと同じような暮らしをつづけている椎名氏には、とくに若気の至りという感想はわかないらしい。

「おれは、高松がインドに行ったら、そのまま帰って来ないで、世界を放浪することになったんじゃないかと思うよ」

椎名氏は言った。

「ほう」

田島氏が目を瞠った。

「あいつ、就職もしたくなかったんだよ。そう言ってたよ、おれには。できれば一生、自由に暮らしたいって。あのころ、そういうのがけっこういたんだ。田島とかは正反対だったから目に入らなかっただろうが」

「ヒッピーですか？」

わたしは訊いた。

もちろんわたしの時代には過去の遺物になっていた。だが、長い髪にバンダナを巻いた奇妙な人たちというイメージはあった。

「昭和五十一年ごろには、いわゆるヒッピーは時代遅れになってたけどな。でも、ヒッピー文化を引きずったまま、海外を放浪する連中は、まだけっこういたんだよなあ」

椎名氏は目を細めて言った。

「いまのニートとは違いますよね？」

と、わたしは椎名氏に訊いた。

「まったく違うよ。もっと積極的に消費社会に背を向けて、敗北感なんかかけらもなかった。むしろ誇りもあったよ。消費社会に適応しない連中を冷たい目で見るようになったのは、いつごろからなのかね。おかしいだろうよ」

椎名氏は冷笑を浮かべた。

「そうですよね」

高松さんとは会ってみたかった気がする。

わたしは、あの時代の若者の夢が四十数年経ったいま、幻のように目の前に広がっていくような気がした。

新宿に向かう電車に並んで座りながら、

「これでわかりましたね」

と、わたしは田島氏に言った。

「そうだな。高松は同級生でも、おれたちとはちょっと違ったタイプのやつだったんだな」

田島氏は感慨深げに言った。

「でも、田島さん、なにか隠してたこと、ありますよね？」

わたしはできるだけさりげない調子で訊いた。

遠井のママに指摘されてから、わたしは田島氏のようすに気をつけていたが、いまはもう確信を持っている。

「え？」

「真実がわかって、ホッとしたことがあったでしょ」

「…………」

田島氏はしばらく言葉を失くした。

電車は三鷹《みたか》の駅に着き、そこで大勢の客が乗り込んで来た。

「じつは、あの最後に酒を飲んだ夜、わたしは高松から五百円借りていたんだよ。三日後に返す約束で」

と、田島氏は言った。

「ああ」

「もちろん、その五百円は、香典に五百円足して返したよ。でも、もしかして、おれに五百円貸したために、あいつは何も食えずに餓死したんじゃないかという思いがずうっとあったんだよ。罪の意識みたいに」

「なるほど。でも、それはないとわかりましたね」

「ああ。よかったよ。あいつ、お金はけっこう持ってたんだものな。でも、けちけち貯めてるところから、五百円貸してくれるんだから、高松はほんといいやつだったんだよなあ。あの当時の五百円は、いまで言ったら三千円くらいかね。いやあ、ほんと、おかげさまで四十数年間の気がかりが、解消できましたよ」

田島氏の目に、うっすら涙が浮かんでいた。

＊　　＊　　＊

探偵の熱木は機嫌よさそうな調子で入って来ると、

「そういえば、ここって、カラオケはできないの？」

と、訊いた。

「もちろん、できるわよ」

「歌おうかな」

「なに、歌う？」

「昭和恋歌《れんれんか》」

最近、発売されたデュエット曲だった。

「あれ、いいよね」

「ママ、いっしょに歌ってよ」

しょうがないので、一曲だけ、付き合ってやることにした。

〽どこだっけ　どこだっけ
きみと初めて会ったのは

忘れちゃったら駄目でしょう
べ兵連のデモ行進　原宿駅まで歩いたわ
そうだった　そうだった
熱き血潮がよみがえる
世界は変わると思ってた
それから帰りの赤ちょうちんで
いっしょに住むかと訊いたよね
うっかりうんとうなずいた
西陽もささない四畳半
ガスも電気も止められて
オイルショックもなんのその
昭和よ　昭和　二人の昭和
そんなに遠くへ行かないで

熱木はやっぱり一曲では止まらず、次々に昭和の歌をがなり始めた。これだからおやじはしょうがない。

あたしは熱木のことはほっといて、カウンターの奥の田村と村田の前にもどった。

「和子ママ。もしかして、あいつを使いたいなんて思ってない?」

と、村田が訊いた。

「そうだね」

思い始めてるかもしれない。好き勝手に使うには、あれくらい間抜けなのがちょうどいいのだ。

「やっぱり」

「だって、あんたたちが使えないから」

あたしがそう言うと、

「おれたちだって、時効になった事件のことで、そうそう動くことはできませんよ」

田村がむくれて言った。

「でも、時効かどうかわからないよ」

あたしはきつい調子で言った。殺人がからんでいることは充分かんがえられるのだ。

「そりゃ、まあ」

田村が肩をすくめた。

「それに、熱木の兄さんは例の墜落事故で亡くなってるんだよ。なにかの因縁としか言いようがないでしょうが」

あたしが小声でそう言うと、田村と村田はそうかもしれないというように何度もうなずいた。

「昭子ママもそう思ってるんでしょ？」

村田が訊いた。

「たぶんね」

と、あたしはうなずいた。

新宿署の双子の女性刑事。いまや伝説になっているらしい。

理詰めの昭子。泣かせの和子。

あたしたちはそう呼ばれた。いったい何人の被疑者を落としてきたことか。

もっとも四十二年間の警察官人生が、すべて刑事をしていたわけではない。昭子は交通課で白バイに乗っていたときもあるし、あたしは少年課で不良たちの補導ばかりしていたときもある。だが、三十年間は新宿署の刑事をしており、それぞれ七つずつもらった警視総監賞も、この刑事時代のものだった。

六十の定年を迎え、二人でこのゴールデン街で飲み屋をやることになった。

「十文字真紀がやっている店の下を、居抜きで買い取ることができそうなんだ。あんたたち、二人で店をやる気はないかい？」

と、当時の新宿署長、いまの警視庁第四方面本部長・刑部慎一郎《おさかべしんいちろう》に頼まれた。新人時代にあたしたちがさんざんからかってやった男は、いまや将来の警視総監の呼び声も高い、ほとんど雲の上の人になりつつある。ただし、さんざんいいことをさせてやったツケを、払い切ったとは言わせない。

「ついでに十文字真紀を探らせようって魂胆ね」

あたしたちはすぐに、刑部の魂胆を見抜いた。

「そういうこと」

「あたしたちが定年を迎えたので、気持ちが優位に立った？」

「とんでもない。ぼくはお姉さまたちには一生、頭が上がらない」

「お利巧さんね」

それで〈遠い昭和〉というおマヌケな店名をつけたのも、刑部だった。

十文字真紀はあと一歩のところまで追いつめていたのだ。ところがそこへ、築地《つきじ》署の連中がからんで来たため、逃げられてしまった。

だが、ホンボシは十文字真紀ではない。あの女の背後にいる男たち。

昭和の暗闇に生きてきた巨悪の首魁《しゅかい》。たとえ昭和という年号が歴史の彼方に霞《かす》んでいこうとも、あいつらに手錠をかけずに死なせるわけにはいかない。最後の最後に、ああやっぱり女を舐めてはいけないと、骨粗鬆症《こつそしょうしょう》でもろくなった骨の髄《ずい》まで、思い知らせてやるのだ……。

本書は書下ろしです。

|著者| 風野真知雄　1951年生まれ。'93年「黒牛と妖怪」で第17回歴史文学賞を受賞してデビュー。主な著書には、「味見方同心」「わるじい秘剣帖」「閻魔裁き」「極道大名」などの文庫書下ろしシリーズのほか、単行本に『恋の川、春の町』『ト伝飄々』などがある。「耳袋秘帖」シリーズ（文春文庫）で第4回歴史時代作家クラブシリーズ賞を、『沙羅沙羅越え』（KADOKAWA）で第21回中山義秀文学賞を受賞した。「妻は、くノ一」（角川文庫）シリーズは市川染五郎の主演でテレビドラマ化された。本作は「歴史探偵・月村弘平の事件簿」に続く、著者の現代ミステリー「昭和探偵」シリーズ第1弾。

昭《しょう》和《わ》探偵《たんてい》1

風野《かぜの》真《ま》知《ち》雄《お》

講談社文庫

定価はカバーに
表示してあります

2018年9月14日第1刷発行

発行者――渡瀬昌彦
発行所――株式会社　講談社
東京都文京区音羽2-12-21　〒112-8001
電話　出版（03）5395-3510
　　　販売（03）5395-5817
　　　業務（03）5395-3615

デザイン―菊地信義
本文データ制作―講談社デジタル製作
印刷―――中央精版印刷株式会社
製本―――中央精版印刷株式会社

Printed in Japan

ISBN978-4-06-512587-8

講談社文庫刊行の辞

二十一世紀の到来を目睫に望みながら、われわれはいま、人類史上かつて例を見ない巨大な転換期をむかえようとしている。

世界も、日本も、激動の予兆に対する期待とおののきを内に蔵して、未知の時代に歩み入ろうとしている。このときにあたり、創業の人野間清治の「ナショナル・エデュケイター」への志を現代に甦らせようと意図して、われわれはここに古今の文芸作品はいうまでもなく、ひろく人文・社会・自然の諸科学から東西の名著を網羅する、新しい綜合文庫の発刊を決意した。

激動の転換期はまた断絶の時代である。われわれは戦後二十五年間の出版文化のありかたへの深い反省をこめて、この断絶の時代にあえて人間的な持続を求めようとする。いたずらに浮薄な商業主義のあだ花を追い求めることなく、長期にわたって良書に生命をあたえようとつとめるところにしか、今後の出版文化の真の繁栄はあり得ないと信じるからである。

同時にわれわれはこの綜合文庫の刊行を通じて、人文・社会・自然の諸科学が、結局人間の学にほかならないことを立証しようと願っている。かつて知識とは、「汝自身を知る」ことにつきていた。現代社会の瑣末な情報の氾濫のなかから、力強い知識の源泉を掘り起し、技術文明のただなかに、生きた人間の姿を復活させること。それこそわれわれの切なる希求である。

われわれは権威に盲従せず、俗流に媚びることなく、渾然一体となって日本の「草の根」をかたちづくる若く新しい世代の人々に、心をこめてこの新しい綜合文庫をおくり届けたい。それは知識の泉であるとともに感受性のふるさとであり、もっとも有機的に組織され、社会に開かれた万人のための大学をめざしている。大方の支援と協力を衷心より切望してやまない。

一九七一年七月

野間省一

講談社文庫 最新刊

こだま
夫のちんぽが入らない
「普通」という呪いに苦しみ続けた女性の、いじらしいほど正直な愛と性の私小説。

真山 仁
〈ハゲタカ4・5〉
スパイラル
倒産寸前の町工場をめぐり、芝野と鷲津の人生が交錯する。ハゲタカもうひとつの物語。

本多孝好
君の隣に
そこは、寂しさを抱えた人々が交錯する場所。切ない余韻が胸に迫る、傑作ミステリー。

橘 もも
原作 沖田×華
脚本 安達奈緒子
小説 透明なゆりかご(下)
産婦人科医院で様々な母子の姿に接しながらアオイは自分の母との関係に思いを巡らす。

宮城谷昌光
〈呉越春秋〉
湖底の城 七
ついに宿敵同士の苛烈な戦いが始まる。伍子胥《ごししょ》のライバルは無限の魅力に満ちた男だった。

瀬戸内寂聴
新装版 蜜と毒
愛さえあれば、結婚の形式など――凄絶な愛と性を描いた長編恋愛小説が読みやすく!

佐藤 究《きわむ》
QJKJQ
家族全員が猟奇殺人鬼という家で、一家の長男が殺された――第62回江戸川乱歩賞受賞作!

風野真知雄
昭和探偵1
平成最後の名(迷)探偵登場! 昭和の謎を解き明かす新シリーズ、三ヵ月連続刊行。

講談社文芸文庫

松下竜一
底ぬけビンボー暮らし
解説＝松田哲夫　年譜＝新木安利・梶原得三郎
売れない作家の台所事情は厳しいが、夕方の妻との散歩、家族や友人との楽しい会話、四季の移ろいや風物を愛でる日々は何物にも代え難い。心に沁みる名随筆集。
978-4-06-512928-9　ま－3

伊藤痴遊
隠れたる事実
明治裏面史
解説＝木村　洋
歴史の九割以上は人間関係である！　講談師にして自由民権の闘士が巧みな文辞で説く、維新の光と影。新政府の基盤が固まるまでに、いったいなにがあったのか？
978-4-06-512927-2　いZ1

講談社文庫 目録

鹿島田真希 来たれ、野球部
門井慶喜 パラドックス実践 雄弁学園の教師たち
加藤元 山姫抄
加藤元 嫁の遺言
加藤元 キネマの華《ヒロイン》
加藤元 私がいないクリスマス
片島麦子 中指の魔法
亀井宏 ドキュメント 太平洋戦争全史(上)(下)
亀井宏 ミッドウェー戦記(上)(下)
亀井宏 ガダルカナル戦記全四巻
亀井宏 佐助と幸村
金澤信幸 バラ肉のバラって何?〈誰かに教えたくてたまらなくなる"あの言葉"の本当の意味〉
金澤信幸 サランラップのサランって何?〈誰かに話したくてしかたなくなる"あの名前"の意外な由来〉
梶よう子 迷子石
梶よう子 ふくろう
梶よう子 ヨイ豊《とよ》
梶よう子 立身《りっしん》いたしたく候《そうろう》
川瀬七緒 よろずのことに気をつけよ
川瀬七緒 法医昆虫学捜査官

川瀬七緒 シンクロニシティ〈法医昆虫学捜査官〉
川瀬七緒 水底《みなぞこ》の棘《とげ》〈法医昆虫学捜査官〉
川瀬七緒 メビウスの守護者〈法医昆虫学捜査官〉
かわぐちかいじ 藤井哲夫原作 僕はビートルズ 1
かわぐちかいじ 藤井哲夫原作 僕はビートルズ 2
かわぐちかいじ 藤井哲夫原作 僕はビートルズ 3
かわぐちかいじ 藤井哲夫原作 僕はビートルズ 4
かわぐちかいじ 藤井哲夫原作 僕はビートルズ 5
かわぐちかいじ 藤井哲夫原作 僕はビートルズ 6
風野真知雄 隠密 味見方同心(一)〈くじらの姿焼き騒動〉
風野真知雄 隠密 味見方同心(二)〈干し卵不思議味〉
風野真知雄 隠密 味見方同心(三)〈幸せの小福餅〉
風野真知雄 隠密 味見方同心(四)〈恐怖の流しそうめん〉
風野真知雄 隠密 味見方同心(五)〈フグの毒鍋〉
風野真知雄 隠密 味見方同心(六)〈鵺《ぬえ》の闇鍋〉
風野真知雄 隠密 味見方同心(七)〈絵巻寿司〉
風野真知雄 隠密 味見方同心(八)〈ふふふの麩〉
風野真知雄 隠密 味見方同心(九)〈殿さま漬け〉
カレー沢薫 負ける技術

カレー沢薫 もっと負ける技術〈カレー沢薫の日常と退廃〉
下野《かばた》康史 ポルシェより、フェラーリより、ロードバイクが好き〈熱狂と悦楽の自転車ライフ〉
野崎雅人 佐々原史緒 戦国BASARA3〈真田幸村の章/猿飛佐助の章〉
矢野隆 映島巡 戦国BASARA3〈伊達政宗の章/片倉小十郎の章〉
タタツシンイチ 鏡征爾 戦国BASARA3〈長曾我部元親の章/毛利元就の章〉
タタツシンイチ 梶よう子 戦国BASARA3〈徳川家康の章/石田三成の章〉
風森章羽《しょう》 渦巻く回廊の鎮魂曲《レクイエム》〈霊媒探偵アーネスト〉
風森章羽 清らかな煉獄〈霊媒探偵アーネスト〉
加藤千恵 こぼれ落ちて季節は
神田茜 しょっぱい夕陽
神林長平 だれの息子でもない
岸本英夫 死を見つめる心〈ガンとたたかった十年間〉
北方謙三 君に訣別の時を
北方謙三 われらが時の輝き
北方謙三 夜の終り
北方謙三 帰路
北方謙三 錆びた浮標《ブイ》
北方謙三 汚名の広場
北方謙三 夜の眼

講談社文庫　目録

北方謙三　試みの地平線〈伝説復活編〉
北方謙三　煤　煙
北方謙三　そして彼が死んだ
北方謙三　旅のいろ
北方謙三　新装版 活　路 (上)(下)
北方謙三　夜が傷つけた
北方謙三　新装版 余　燼 (上)(下)
北方謙三　抱　影
菊地秀行　魔界医師メフィスト〈怪屋敷〉
菊地秀行　吸血鬼ドラキュラ
北原亞以子　深川澪通り木戸番小屋
北原亞以子　深川澪通り燈ともし頃
北原亞以子　新　地　橋〈深川澪通り木戸番小屋〉
北原亞以子　夜の明けるまで〈深川澪通り木戸番小屋〉
北原亞以子　澪　つ　く　し〈深川澪通り木戸番小屋〉
北原亞以子　たからもの〈深川澪通り木戸番小屋〉
北原亞以子　降りしきる
北原亞以子　贋作天保六花撰《うそばつかりえどのはなし》
北原亞以子　花　冷　え

北原亞以子　歳三からの伝言
北原亞以子　お茶をのみながら
北原亞以子　その夜の雪
北原亞以子　江戸風狂伝
桐野夏生　新装版 顔に降りかかる雨
桐野夏生　新装版 天使に見捨てられた夜
桐野夏生　新装版 ローズガーデン
桐野夏生　ＯＵＴ (上)(下)
桐野夏生　ダーク (上)(下)
京極夏彦　文庫版 姑獲鳥《うぶめ》の夏
京極夏彦　文庫版 魍魎《もうりょう》の匣《はこ》
京極夏彦　文庫版 狂骨《きょうこつ》の夢《ゆめ》
京極夏彦　文庫版 鉄鼠《てっそ》の檻《おり》
京極夏彦　文庫版 絡新婦《じょろうぐも》の理《ことわり》
京極夏彦　文庫版 塗仏《ぬりぼとけ》の宴《うたげ》—宴の支度
京極夏彦　文庫版 塗仏の宴—宴の始末
京極夏彦　文庫版 百鬼夜行—陰
京極夏彦　文庫版 百器徒然袋—雨
京極夏彦　文庫版 百器徒然袋—風

京極夏彦　文庫版 今昔続百鬼—雲
京極夏彦　文庫版 陰摩羅鬼《おんもらき》の瑕《きず》
京極夏彦　文庫版 邪魅《じゃみ》の雫
京極夏彦　文庫版 死ねばいいのに
京極夏彦　分冊文庫版 姑獲鳥《うぶめ》の夏 (上)(下)
京極夏彦　分冊文庫版 魍魎《もうりょう》の匣《はこ》(上)(中)(下)
京極夏彦　分冊文庫版 狂骨《きょうこつ》の夢《ゆめ》(上)(中)(下)
京極夏彦　分冊文庫版 鉄鼠《てっそ》の檻《おり》全四巻
京極夏彦　分冊文庫版 絡新婦《じょろうぐも》の理《ことわり》(一)(二)
京極夏彦　分冊文庫版 絡新婦《じょろうぐも》の理《ことわり》(三)(四)
京極夏彦　分冊文庫版 塗仏《ぬりぼとけ》の宴《うたげ》 宴の支度《したく》(上)(中)(下)
京極夏彦　分冊文庫版 塗仏《ぬりぼとけ》の宴《うたげ》 宴の始末《しまつ》(上)(中)(下)
京極夏彦　分冊文庫版 陰摩羅鬼《おんもらき》の瑕《きず》(上)(中)(下)
京極夏彦　分冊文庫版 邪魅《じゃみ》の雫 (上)(中)(下)
京極夏彦　分冊文庫版 ルー＝ガルー〈忌避すべき狼〉(上)(下)
京極夏彦　分冊文庫版 ルー＝ガルー2〈インクブス×スクブス 相容れぬ夢魔〉(上)(下)
京極夏彦・原作 志水アキ・漫画　コミック版 姑獲鳥《うぶめ》の夏 (上)(下)
京極夏彦・原作 志水アキ・漫画　コミック版 魍魎《もうりょう》の匣《はこ》(上)(下)
京極夏彦・原作 志水アキ・漫画　コミック版 狂骨の夢 (上)(下)

講談社文庫　目録

黒井千次　日の砦
倉橋由美子　よもつひらさか往還
黒柳徹子　窓ぎわのトットちゃん 新組版
工藤美代子　今朝の骨肉、夕べのみそ汁
倉知　淳　新装版 星降り山荘の殺人
倉知　淳　シュークリーム・パニック
鯨　統一郎　タイムスリップ森鷗外
鯨　統一郎　タイムスリップ戦国時代
鯨　統一郎　タイムスリップ忠臣蔵
鯨　統一郎　タイムスリップ紫式部
倉阪鬼一郎　大江戸秘脚便
倉阪鬼一郎　娘飛脚を救え〈大江戸秘脚便〉
倉阪鬼一郎　開運十社巡り〈大江戸秘脚便〉
倉阪鬼一郎　決戦、武甲山〈大江戸秘脚便〉
草野たき　ハチミツドロップス
黒田研二　ウェディング・ドレス
黒田研二　ペルソナ探偵
黒田研二　ナナフシの恋〈～Mimetic Girl～〉
黒木　亮　冬の喝采(上)(下)

黒野　耐《たえる》　「たられば」の日本戦争史〈もし真珠湾攻撃がなかったら〉
楠木誠一郎　火除け地蔵〈立ち退き長屋顚末記〉
楠木誠一郎　聞き耳地蔵〈立ち退き長屋顚末記〉
群像編　12星座小説集
玖村まゆみ　完盗オンサイト
草凪　優　ささやきたい。ほんとうのわたし。
草凪　優　わたしの突然。あの日の出来事。
草凪　優　芯までとけて。最高の私。
黒岩比佐子　パンとペン〈社会主義者・堺利彦と「売文社」の闘い〉
桑原水菜　弥次喜多化かし道中
朽木　祥　風の靴
黒木　渚　壁の鹿
栗山圭介　居酒屋ふじ
玄侑宗久　阿修羅
決戦！シリーズ　決戦！関ヶ原
決戦！シリーズ　決戦！大坂城
決戦！シリーズ　決戦！本能寺
小峰　元　アルキメデスは手を汚さない
今野　敏　ST 警視庁科学特捜班 エピソード1〈新装版〉

今野　敏　ST 警視庁科学特捜班 毒物殺人〈新装版〉
今野　敏　ST 警視庁科学特捜班 黒いモスクワ
今野　敏　ST〈青の調査ファイル〉警視庁科学特捜班
今野　敏　ST〈赤の調査ファイル〉警視庁科学特捜班
今野　敏　ST〈黄の調査ファイル〉警視庁科学特捜班
今野　敏　ST〈緑の調査ファイル〉警視庁科学特捜班
今野　敏　ST〈黒の調査ファイル〉警視庁科学特捜班
今野　敏　ST 為朝伝説殺人ファイル〈警視庁科学特捜班〉
今野　敏　ST 桃太郎伝説殺人ファイル〈警視庁科学特捜班〉
今野　敏　ST 沖ノ島伝説殺人ファイル〈警視庁科学特捜班〉
今野　敏　ST 化合 エピソード0〈警視庁科学特捜班〉
今野　敏　ST プロフェッション〈警視庁科学特捜班〉
今野　敏　ギガース〈宇宙海兵隊〉
今野　敏　ギガース2〈宇宙海兵隊〉
今野　敏　ギガース3〈宇宙海兵隊〉
今野　敏　ギガース4〈宇宙海兵隊〉
今野　敏　ギガース5〈宇宙海兵隊〉
今野　敏　ギガース6〈宇宙海兵隊〉
今野　敏　特殊防諜班 連続誘拐

講談社文庫　目録

今野　敏　特殊防諜班　組織報復
今野　敏　特殊防諜班　標的反撃
今野　敏　特殊防諜班　凶星降臨
今野　敏　特殊防諜班　諜報潜入
今野　敏　特殊防諜班　聖域炎上
今野　敏　特殊防諜班　最終特命
今野　敏　茶室殺人伝説
今野　敏　奏者水滸伝《そうしゃすいこでん》　阿羅漢集結《あらかんしゅうけつ》
今野　敏　奏者水滸伝　小さな逃亡者
今野　敏　奏者水滸伝　古丹《こたん》、山へ行く
今野　敏　奏者水滸伝　白の暗殺教団
今野　敏　奏者水滸伝　四人、海を渡る
今野　敏　奏者水滸伝　追跡者の標的
今野　敏　奏者水滸伝　北の最終決戦
今野　敏　フェイク〈疑惑〉
今野　敏　同期
今野　敏　欠落
今野　敏　警視庁FC
今野　敏　蓬莱〈新装版〉
今野　敏　イコン〈新装版〉
後藤正治　奇蹟の画家
後藤正治　天人〈深代惇郎と新聞の時代〉
幸田　文　崩れ
幸田　文　台所のおと
幸田　文　季節のかたみ
小池真理子　記憶の隠れ家
小池真理子　美神《ミューズ》
小池真理子　冬の伽藍
小池真理子　恋愛映画館
小池真理子　ノスタルジア
小池真理子　夏の吐息
小池真理子　千日のマリア
幸田真音　マネー・ハッキング
幸田真音　日本国債(上)(下)〈改訂最新版〉
幸田真音　eの悲劇〈IT革命の光と影〉
幸田真音　凜《りん》冽《れつ》の宙《そら》
幸田真音　コイン・トス
幸田真音　あなたの余命教えます
五味太郎　大人問題
鴻上尚史　あなたの魅力を演出するちょっとしたヒント
鴻上尚史　あなたの思いを伝える表現力のレッスン
鴻上尚史　八月の犬は二度吠える
小林紀晴　アジアロード
小泉武夫　地球を肴に飲む男
小泉武夫　納豆の快楽
小泉武夫　小泉教授が選ぶ「食の世界遺産」日本編
小泉武夫　夕焼け小焼けで陽が昇る
近藤史人　藤田嗣治「異邦人」の生涯
小前　亮　李《り》世《せい》民《みん》
小前　亮　趙《ちょう》匡《きょう》胤《いん》〈宋の太祖〉
小前　亮　李巌と李自成
小前　亮　中国皇帝伝〈歴史を動かした28人の光と影〉
小前　亮　朱元璋　皇帝の貌《かお》
小前　亮　覇《は》帝《てい》フビライ〈世界支配の野望〉
小前　亮　唐玄宗紀
小前　亮　賢帝と逆臣と〈康熙帝《こうきてい》と三藩の乱〉
香月日輪　妖怪アパートの幽雅な日常①

香月日輪　妖怪アパートの幽雅な日常②
香月日輪　妖怪アパートの幽雅な日常③
香月日輪　妖怪アパートの幽雅な日常④
香月日輪　妖怪アパートの幽雅な日常⑤
香月日輪　妖怪アパートの幽雅な日常⑥
香月日輪　妖怪アパートの幽雅な日常⑦
香月日輪　妖怪アパートの幽雅な日常⑧
香月日輪　妖怪アパートの幽雅な日常⑨
香月日輪　妖怪アパートの幽雅な日常⑩
香月日輪　妖怪アパートの幽雅な食卓〈るり子さんのお料理日記〉
香月日輪　妖怪アパートの幽雅な人々〈妖アパミニガイド〉
香月日輪　妖怪アパートの幽雅な日常〈ラスベガス外伝〉
香月日輪　大江戸妖怪かわら版①〈異界より落ち来る者あり〉
香月日輪　大江戸妖怪かわら版②〈異界より落ち来る者あり　其之二〉
香月日輪　大江戸妖怪かわら版③〈封印の娘〉
香月日輪　大江戸妖怪かわら版④〈天空の竜宮城〉
香月日輪　大江戸妖怪かわら版⑤〈雀、大浪花に行く〉
香月日輪　大江戸妖怪かわら版⑥〈魔狼、月に吠える〉
香月日輪　大江戸妖怪かわら版⑦〈大江戸散歩〉

香月日輪　地獄堂霊界通信①
香月日輪　地獄堂霊界通信②
香月日輪　地獄堂霊界通信③
香月日輪　地獄堂霊界通信④
香月日輪　地獄堂霊界通信⑤
香月日輪　地獄堂霊界通信⑥
香月日輪　地獄堂霊界通信⑦
香月日輪　地獄堂霊界通信⑧
香月日輪　ファンム・アレース①
香月日輪　ファンム・アレース②
香月日輪　ファンム・アレース③
香月日輪　ファンム・アレース④
香月日輪　ファンム・アレース⑤(上)(下)
近衛龍春　長宗我部盛親(上)(下)
小山薫堂　フィルム
香坂直　走れ、セナ！
小林正典　英国太平記
小鶴　カンガルーのマーチ
木原音瀬　箱の中

木原音瀬　美しいこと
木原音瀬　秘密
神立尚紀　祖父たちの零戦〈Zero Fighters of Our Grandfathers〉
神立尚紀・大島隆之　零戦〈搭乗員たちが見つめた太平洋戦争〉
古賀茂明　日本中枢の崩壊
近藤史恵　薔薇《ばら》を拒む
近藤史恵　砂漠の悪魔
近藤史恵　私の命はあなたの命より軽い
小泉凡　怪談四代記〈八雲のいたずら〉
小島正樹　武家屋敷の殺人
小島正樹　硝子の探偵と消えた白バイ
小松エメル　夢の燈《ほ》影《かげ》〈新選組無名録〉
近藤須雅子　プチ整形の真実
小島環　小旋風《つむじかぜ》の夢《む》紘《げん》
呉勝浩　道徳の時間
呉勝浩　ロスト
呉勝浩　蜃気楼の犬
佐藤さとる　だれも知らない小さな国〈コロボックル物語①〉
佐藤さとる　豆つぶほどの小さないぬ〈コロボックル物語②〉

講談社文庫　目録

佐藤さとる　星からおちた小さなひと〈コロボックル物語③〉
佐藤さとる　ふしぎな目をした男の子〈コロボックル物語④〉
佐藤さとる　小さな国のつづきの話〈コロボックル物語⑤〉
佐藤さとる　コロボックルむかしむかし〈コロボックル物語⑥〉
佐藤さとる　天狗童子
佐藤さとる 絵/村上勉　わんぱく天国
佐藤愛子　新装版 戦いすんで日が暮れて
佐木隆三　慟哭〈小説・林郁夫裁判〉
沢田サタ編　新装版 泥まみれの死〈沢田教一ベトナム戦争写真集〉
佐高信　石原莞爾その虚飾
佐高信　わたしを変えた百冊の本
佐高信　新装版 逆命利君
さだまさし　遙かなるクリスマス
佐藤雅美　影帳 半次捕物控
佐藤雅美　揚羽の蝶(上)(下)〈半次捕物控〉
佐藤雅美　命みょうが〈半次捕物控〉
佐藤雅美　疑惑〈半次捕物控〉
佐藤雅美　泣く子と小三郎〈半次捕物控〉
佐藤雅美　髻《もとどり》塚《づか》不《ふ》首尾《しゅび》一件《いっけん》始末《しまつ》〈半次捕物控〉
佐藤雅美　天才絵師と幻の生首〈半次捕物控〉
佐藤雅美　御当家七代お祟り申す〈半次捕物控〉
佐藤雅美　一石二鳥の敵討ち〈半次捕物控〉
佐藤雅美　恵比寿屋喜兵衛手控え
佐藤雅美　物書同心居眠り紋蔵
佐藤雅美　隼小僧異聞〈物書同心居眠り紋蔵〉
佐藤雅美　密約〈物書同心居眠り紋蔵〉
佐藤雅美　お尋者〈物書同心居眠り紋蔵〉
佐藤雅美　老博奕打ち〈物書同心居眠り紋蔵〉
佐藤雅美　四両二分の女〈物書同心居眠り紋蔵〉
佐藤雅美　白い息〈物書同心居眠り紋蔵〉
佐藤雅美　向井帯刀の発心〈物書同心居眠り紋蔵〉
佐藤雅美　一心斎不覚の筆禍〈物書同心居眠り紋蔵〉
佐藤雅美　魔物が棲む町〈物書同心居眠り紋蔵〉
佐藤雅美　ちよの負けん気、実の父親〈物書同心居眠り紋蔵〉
佐藤雅美　へこたれない人〈物書同心居眠り紋蔵〉
佐藤雅美　わけあり師匠事《こと》の顛末〈物書同心居眠り紋蔵〉
佐藤雅美　江戸繁昌記〈寺門静軒無聊伝〉
佐藤雅美　青雲遙かに〈大内俊助の生涯〉
佐藤雅美　十五万両の代償〈十一代将軍家斉の生涯〉
佐藤雅美　千世と与一郎の関ヶ原
佐藤雅美　悪足掻《あが》きの跡始末 厄介弥三郎
佐々木譲　屈折率
酒井順子　結婚疲労宴
酒井順子　ホメるが勝ち！
酒井順子　負け犬の遠吠え
酒井順子　その人、独身？
酒井順子　駆け込み、セーフ？
酒井順子　いつから、中年？
酒井順子　女も、不況？
酒井順子　儒教と負け犬
酒井順子　こんなの、はじめて？
酒井順子　金閣寺の燃やし方
酒井順子　昔は、よかった？
酒井順子　もう、忘れたの？
酒井順子　そんなに、変わった？
酒井順子　泣いたの、バレた？
酒井順子　気付くのが遅すぎて、

2018年6月15日現在